小学统编教材入选篇目 + 小学课标推荐篇目 + 必背经典篇目

一天一首古诗词

主编 夫子

夏

主　编：夫　子

编　委：陈俊杰　贺泽妮　刘　艳　毛　恋

唐海雄　唐玉芝　邱　武　王子君

吴　翩　曾婷婷　张　玲　周方艳

周晓娟

山东教育出版社

目录

第一周

立夏

立　夏 /004
悯　农 /006
望天门山 /008
乡村四月 /010
卜算子·送鲍浩然之浙东 /012
诗词天地 /014
诗路小憩 /015

第二周

画 /016
江上渔者 /018
书湖阴先生壁 /020
初夏游张园 /022
晚　晴 /024
诗词天地 /026
诗路小憩 /027

第三周

小满

小儿垂钓 /028
小　满 /030
四时田园杂兴·其三十一 /032
四时田园杂兴·其二十五 /034
初夏睡起 /036
诗词天地 /038
诗路小憩 /039

第四周

夜宿山寺 /040
喜　晴 /042
初夏即事 /044
小　池 /046
题西林壁 /048
诗词天地 /050
诗路小憩 /051

第五周

芒种

饮湖上初晴后雨 /052
村　晚 /054
时　雨（节选）/056
三衢道中 /058
和端午 /060
诗词天地 /062
诗路小憩 /063

第六周

登鹳雀楼 /064
夏日绝句 /066
竹　石 /068
夏　词 /070
得胜乐·夏 /072
诗词天地 /074
诗路小憩 /075

夏至

第七周

竹里馆 /076

望庐山瀑布 /078

子夜吴歌·夏歌 /080

舟行杂咏·其十 /082

昭君怨·咏荷上雨 /084

诗词天地 /086

诗路小憩 /087

第八周

曲池荷 /088

赠花卿 /090

嫦　娥 /092

晓出净慈寺送林子方 /094

迢迢牵牛星 /096

诗词天地 /098

诗路小憩 /099

第九周

池　上 /100

采莲曲 /102

江　南 /104

清平乐·村居 /106

小暑

咏廿四气诗·小暑六月节 /108

诗词天地 /110

诗路小憩 /111

第十周

蝉 /112

所　见 /114

观书有感 /116

舟过安仁 /118

牧　童 /120

诗词天地 /122

诗路小憩 /123

第十一周

夏日山中 /124

夏夜叹（节选）/126

天净沙·夏 /128

西江月·夜行黄沙道中 /130

菩萨蛮·夏景回文 /132

大暑

诗词天地 /134

诗路小憩 /135

第十二周

浪淘沙 /136

六月二十七日望湖楼醉书 /138

夏花明 /140

清平乐·池上纳凉 /142

朝天子·咏喇叭 /144

诗词天地 /146

诗路小憩 /147

第十三周

送灵澈上人 /148

鹿　柴 /150

纳　凉 /152

夏日浮舟过陈大水亭 /154

菩萨蛮·书江西造口壁 /156

诗词天地 /158

诗路小憩 /159

lì xià

立夏

［宋］陆　游[1]

chì zhì chā chéng fēi， dōng jūn zhěng jià guī。
赤帜[2]插城扉，东君[3]整驾归。

ní xīn cháo yàn nào， huā jìn mì fēng xī。
泥新巢燕闹，花尽蜜蜂稀。

huái liǔ yīn chū mì， lián lóng shǔ shàng wēi。
槐柳阴初密，帘栊暑尚微。

rì xié tāng mù bà， shú liàn shì dān yī。
日斜汤沐罢，熟练[4]试单衣。

注释

❶ **陆游**（1125—1210），字务观，号放翁，南宋著名的爱国诗人。
❷ **赤帜**：红色的旗帜，比喻太阳或太阳的炎威。❸ **东君**：指司春之神。
❹ **熟练**：精细煮炼过的素绢。

译文

立夏之时，炎日照耀着大地，司春之神驾车归去。这时泥土清新，燕巢里叽叽喳喳吵闹着，花儿已经谢了，蜜蜂也很少见了。槐树和柳树的树荫开始浓密起来，窗户上的暑气还比较轻微。傍晚日头倾斜时沐浴完毕，穿上了素绢做的单衣。

赏析

诗人的观察细致入微。从春去夏来，天上的太阳逐渐炎热到吵闹的燕巢、花落后稀少的蜜蜂，再到开始浓密的树荫和人们穿上了单衣，几个细节从多个方面将立夏之时的景象写得丰满具体。

立夏

立夏是农历二十四节气中的第七个节气，夏季的第一个节气，表示盛夏时节的正式开始。立夏之后，温度明显升高，炎暑将临，雷雨增多，农作物进入生长的旺季。

mǐn nóng
悯农[1]

［唐］李绅[2]

chú hé rì dāng wǔ
锄禾[3]日当午[4]，

hàn dī hé xià tǔ
汗滴禾下土。

shuí zhī pán zhōng cān
谁知盘中餐[5]，

lì lì jiē xīn kǔ
粒粒皆[6]辛苦。

注释

❶ **悯农**：同情、怜悯农民。悯，同情，怜悯。❷ **李绅**（772—846），字公垂，中唐诗人，作有《乐府新题》20首，已失传。❸ **锄禾**：用锄头锄地，为禾苗除草松土。❹ **当午**：太阳当头直晒的时候，正午。❺ **餐**：饭。❻ **皆**：全，都。

译文

农民顶着中午的烈日在田里锄地，汗水洒落到庄稼地里。有谁知道我们碗里盛的饭，每一粒都饱含着农民的辛苦？

赏析

这首诗的前两句形象生动地写出农民辛勤劳作的情景，使后两句的感叹和告诫显得意味深长。

农民

农民在封建社会饱受剥削和压迫，过着贫穷困苦的生活。李绅的《悯农》诗通过描述农民在田间的辛苦劳作，向世人发出珍惜粮食的呼吁，同时也对统治阶级进行了揭露与批判。

wàng tiān mén shān

望天门山[1]

［唐］李　白[2]

tiān mén zhōng duàn chǔ jiāng kāi
天 门 中 断[3] 楚 江[4] 开，

bì shuǐ dōng liú zhì cǐ huí
碧 水 东 流 至 此 回[5]。

liǎng àn qīng shān xiāng duì chū
两 岸 青 山 相 对 出，

gū fān yí piàn rì biān lái
孤 帆 一 片 日 边 来。

注释

❶ **天门山**：位于安徽省和县与当涂县西南的长江两岸，在江北的叫西梁山，在江南的叫东梁山。两山隔江相对，像天然的门户，所以叫“天门”。❷ **李白**（701—762），字太白，号青莲居士，唐朝浪漫主义诗人，被后人誉为“诗仙”。❸ **中断**：江水从中间隔断两山。❹ **楚江**：即长江。古时长江中游地带属楚国，所以叫楚江。❺ **至此回**：长江东流至天门山附近回旋向北流去。

译文

楚江把天门山从中冲断奔流而出，碧绿的江水一路向东，到了这里却回旋转弯。两岸的青山拔地而起默然相对，一叶扁舟从旭日东升的远处驶来。

赏析

诗的首句写长江，借山势写出江水的汹涌。第二句反过来写天门山对长江的约束，借水势衬出山的奇险。后两句写诗人在小船上顺流而下，远处的天门山越来越清晰。结尾一句使整个画面明丽光艳，犹如一幅雄伟壮丽的画卷。

碧水

水这个意象在诗歌中很常见，诗人以水入诗，描绘山川湖海等自然景色，抒发内心的辽阔与快意。还借水的奔流不息来排遣怀古伤今之感，表达时光消逝的惆怅，也寓含思念离人之愁。

xiāng cūn sì yuè
乡村四月

［宋］翁　卷[1]

lǜ biàn shān yuán bái mǎn chuān
绿遍山原白满川[2]，

zǐ guī shēng lǐ yǔ rú yān
子规[3]声里雨如烟。

xiāng cūn sì yuè xián rén shǎo
乡村四月闲人少，

cái liǎo cán sāng yòu chā tián
才了[4]蚕桑又插田。

注释

❶ **翁卷**：字续古，一字灵舒，南宋诗人。他的诗工于技巧，诗风清苦，与赵师秀、徐照、徐玑合称“永嘉四灵”。❷ **白满川**：稻田里的水色映着天光。❸ **子规**：布谷鸟，也叫杜鹃鸟。❹ **了**：完成，结束。

译文

山陵和原野间草木茂盛，满目葱茏；稻田的水色映着天光，一片亮白；布谷鸟声声啼叫，天空中烟雨蒙蒙。四月到了，此时正是农忙时节，很少有人闲着，他们刚忙完采桑养蚕，又要忙着插秧了。

赏析

这首诗的前两句描写初夏时江南水乡的景色，勾勒出一幅朦胧迷人的水乡画卷。后两句主要写江南初夏时农事的繁忙。第四句刻画出了农人忙碌的场景，其中“蚕桑”“插田”和首句中的“绿遍山原”“白满川”形成呼应。全诗表现出诗人对乡村风光的热爱和对劳动人民的赞美。

蚕桑

蚕桑指的是养蚕和种桑，种桑树是为了养蚕，而养蚕是为了制成丝绸。由蚕丝制成的丝绸是中华文明的重要象征之一。由此可见蚕桑之事在中国古代农业中的重要地位。

bǔ suàn zǐ sòng bào hào rán zhī zhè dōng
卜算子[1]·送鲍浩然[2]之浙东

［宋］王　观[3]

shuǐ shì yǎn bō héng shān shì méi fēng jù
水是眼波横[4]，山是眉峰聚[5]。

yù wèn xíng rén qù nǎ biān méi yǎn yíng yíng chù
欲[6]问行人[7]去那边？眉眼盈盈处[8]。

cái shǐ sòng chūn guī yòu sòng jūn guī qù
才始[9]送春归，又送君归去。

ruò dào jiāng nán gǎn shàng chūn qiān wàn hé chūn zhù
若到江南赶上春，千万和春住。

注释

❶ **卜算子**：词牌名。❷ **鲍浩然**：词人的朋友。❸ **王观**（1035—1100），字通叟，宋代词人，与秦观并称“二观”。❹ **水是眼波横**：水像美人流动的眼波。❺ **山是眉峰聚**：山如美人蹙起的眉毛。❻ **欲**：想，想要。❼ **行人**：指词人的朋友鲍浩然。❽ **眉眼盈盈处**：山水交汇处。❾ **才始**：方才。

译文

水像美人流动的眼波，山如美人蹙起的眉毛。想问朋友要去哪里？回答说去山水交汇的地方。刚送走了春天，又要送你回去。假如你到了江南，还能赶上春天的话，千万要把春天的景色留住。

赏析

这是一首送别词，表达了词人对朋友的不舍、留恋以及深情的祝愿，贴切自然，富有真情实感。词的开头两句构思新奇，将“眉若远山”“眼如秋水”的比喻巧妙化用，让景物充满了人的情感，可谓匠心独运。

送春

古人认为春天就像一位贵客一样，要迎来，也要送去。在春末夏初时，就有很多文人写一些送春的诗歌，有的表达对春天离去的伤逝之情，有的表示要不负好时光，借此抒发自己的生活态度和追求。

立　夏

——与蛋相关的故事及习俗

在立夏这一天，民间有一个习俗深得孩子们喜欢，那就是斗蛋游戏。在立夏这天中午，家家户户会煮好囫囵蛋（把带壳的鸡蛋放在水中煮，壳不能破损），煮熟之后，用冷水浸上数分钟，再套上一种用丝网编织而成的袋子。这种袋子有弹性，人们把它挂在小孩的脖子上，就可以进行斗蛋游戏了。

在这个游戏中，孩子们是主角。游戏的规则很简单，蛋尖的一端为蛋头，圆的一端为蛋尾。用蛋头碰蛋头，蛋尾碰蛋尾。孩子们每人一个蛋，一个一个碰过去，如果谁的蛋先破，谁就输了这场游戏。碰到最后，蛋没破的那个小孩便是胜利者。

此外，民间还有一句谚语："立夏胸挂蛋，孩子不疰（zhù）夏"，"疰夏"是夏日常见的一种疾病，因为气温上升，酷热来袭，小孩特别容易产生身体疲劳、食欲减退的症状，这便是"疰夏"。据说，只要在立夏那天吃一个蛋，或在胸前挂上一个蛋，就能有效预防疰夏的发生。而且人们认为在立夏吃蛋，能使精神不受亏损。

诗路小憩

诗词大会

一、古诗接龙。（后一句中要包含前一句的最后一个字）

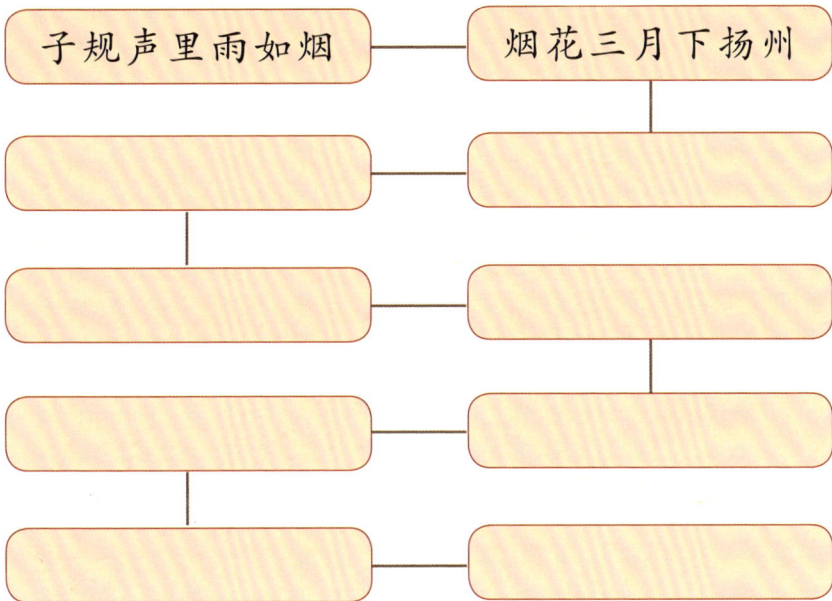

子规声里雨如烟 —— 烟花三月下扬州

二、关于夏天的诗歌意象有很多，请你用一句诗举例，并画一画这个意象。

画 (huà)

[唐]王 维[1]

yuǎn kàn shān yǒu sè
远看山有色[2]，

jìn tīng shuǐ wú shēng
近听水无声。

chūn qù huā hái zài
春去[3]花还在[4]，

rén lái niǎo bù jīng
人来鸟不惊[5]。

注释

❶**王维**（约701—761），字摩诘，唐朝著名诗人，有“诗佛”之称。❷**色**：颜色，也有景色之意。❸**去**：过去。❹**在**：存在。❺**惊**：惊慌，害怕。

译文

从远处可以看到山峰青翠的颜色，在近处却听不到流水的声音。春天过去了，但花儿还在绽放。人走近了，鸟儿也不惊慌。

赏析

这首诗语言清新朴素，韵味无穷。诗人通过写山水、春花和鸟儿，把一幅静止的画写活了。诗中表达了诗人对美好事物的向往，也把读者引入了无限的遐想之中。

画与诗

在中国的艺术史上，画与诗并不是两个完全分开的范畴。除了王维写的这种画作欣赏诗，还有一种题画诗。题画诗在诗歌中并不少见，苏轼的《惠崇春江晓景》便是一首经典的题画诗。画作欣赏诗、题画诗把文学和美术结合起来，诗情画意，相得益彰。

jiāng shàng yú zhě

江上渔者[1]

［宋］范仲淹[2]

jiāng shàng wǎng lái rén
江上[3]往来人，

dàn ài lú yú měi
但爱[4]鲈鱼美。

jūn kàn yí yè zhōu
君看一叶舟[5]，

chū mò fēng bō lǐ
出没[6]风波[7]里。

注释

❶ **渔者**：捕鱼的人。❷ **范仲淹**（989—1052），字希文，北宋著名的政治家、思想家、军事家、文学家，世称范文正公。❸ **江上**：这里意指江边。❹ **但爱**：只爱。但，只。爱，喜欢。❺ **一叶舟**：像漂浮在水上的一片树叶似的小船。❻ **出没**：若隐若现。❼ **风波**：波浪。

译文

江边来来往往的行人，都爱那鲈鱼鲜美的味道。可你看看江上捕鱼的小船，它在风浪中上下颠簸，飘摇不定，多危险啊！

赏析

这首诗首句写江岸上人来人往，热闹非凡。次句写岸上人都爱吃美味的鲈鱼。后两句引出风浪中若隐若现的小渔船，表达了诗人对渔民疾苦的关注与同情，引人深思。

鲈鱼

鲈鱼因其鲜美的味道而常常出现在各种文学作品中，并且常常代指家乡。

shū hú yīn xiān sheng bì

书湖阴先生壁[1]

［宋］王安石[2]

máo yán cháng sǎo jìng wú tái
茅檐长扫净无苔[3]，

huā mù chéng qí shǒu zì zāi
花木成畦[4]手自栽。

yì shuǐ hù tián jiāng lǜ rào
一水护田将绿绕，

liǎng shān pái tà sòng qīng lái
两山排闼[5]送青来[6]。

注释

❶ **书湖阴先生壁**：即题写在湖阴先生家墙壁上。书，写。湖阴先生，杨德逢的别号，王安石隐居钟山时的邻居。❷ **王安石**（1021—1086），字介甫，号半山，谥文，封荆国公，世人又称王荆公，北宋著名政治家、思想家、文学家、改革家，“唐宋八大家”之一。❸ **苔**：青苔。❹ **畦**：这里指种有花木的一块块排列整齐的土地，周围有土埂围着。❺ **排闼**：推开门。闼，小门。❻ **送青来**：送来绿色。

译文

时常打扫的茅檐干净得没有一点青苔，成片的花木都是主人亲手所栽。一条小溪弯弯曲曲环绕着绿油油的田地，两座青山好像是推开的两扇门，送来满目的青翠。

赏析

诗歌前两句写友人家中的环境，洁净清幽，暗示主人生活情趣的高雅；后两句转到院外，写山水对湖阴先生的深情，把山水变成了具有生命感情的形象，读来灵动可爱。

青苔

青苔是一种很细小的植物，却被文人广泛写进诗文中，体现了文人细致入微的观察力和细腻的感情世界。关于青苔的诗歌，一般都表现了仕人的归隐之心，因此青苔也多了几分隐者的情操。

chū xià yóu zhāng yuán

初夏游张园

［宋］戴复古[1]

rǔ yā chí táng shuǐ qiǎn shēn
乳鸭[2]池塘水浅深，

shú méi tiān qì bàn qíng yīn
熟梅天气半晴阴。

dōng yuán zài jiǔ xī yuán zuì
东园载酒西园醉，

zhāi jìn pí pa yí shù jīn
摘尽枇杷[3]一树金。

注释

❶**戴复古**（1167—约1248），字式之，常居南塘石屏山，故自号石屏、石屏樵隐，是南宋著名江湖诗派诗人。❷**乳鸭**：刚孵出不久的小鸭。❸**枇杷**：植物名，果实球形，成熟时呈金黄色。

译文

小鸭子在池塘中嬉戏游玩，一会儿在深水中一会儿又在浅水里。梅子成熟的季节里，天气总是半阴不晴的。我邀了一些朋友，载着酒宴游了东园又游西园。园子里的枇杷果实累累，像金子一样垂挂在树上，正好可以摘下来供酒后品尝。

赏析

这首诗写的是江南初夏时人们宴饮园林的生活情景，属于田园诗。诗的前两句通过“乳鸭”“熟梅”等景物，逼真地描绘了初夏的景致。三四句描写了果农丰收的欢乐生活情景。全诗色调明丽，气氛热闹，意境优美，生活气息浓郁。

熟梅

古人尤其是古代文人，很喜欢用一些植物的状态来指示时间，这样让诗词文章显得更为含蓄。常见的除了『熟梅』指示春末夏初外，还有『桃花』指示春天、『荷花』指示盛夏，『稻黄』指示秋天等。

wǎn qíng

晚晴

［唐］李商隐[1]

shēn jū fǔ jiá chéng，chūn qù xià yóu qīng。

深居俯夹城[2]，春去夏犹清。

tiān yì lián yōu cǎo，rén jiān chóng wǎn qíng。

天意怜幽草[3]，人间重晚晴。

bìng tiān gāo gé jiǒng，wēi zhù xiǎo chuāng míng。

并[4]添高阁[5]迥[6]，微注[7]小窗明。

yuè niǎo cháo gān hòu，guī fēi tǐ gèng qīng。

越鸟[8]巢干后，归飞体更轻。

注释

❶ **李商隐**（约 813—858），字义山，号玉豀（xī）生，又号樊（fán）南生，唐朝晚期的著名诗人。他的诗构思精奇，与杜牧齐名，后世称他们为“小李杜”。❷ **夹城**：城门外的曲城。❸ **幽草**：幽暗地方的小草。❹ **并**：更。❺ **高阁**：指诗人居处的楼阁。❻ **迥**：高远。❼ **微注**：因是晚景斜晖，光线显得微弱和柔和，故说“微注”。❽ **越鸟**：南方的鸟。

译文

一个人深居简出过着清幽的日子，俯瞰夹城，春天已去，夏季清朗。小草饱受雨水的浸淹，终于得到上天的怜爱，雨过天晴了。登上高阁，凭栏远眺，天高地迥，夕阳余晖透过窗棂。越鸟的窝巢已被晒干，它们的体态也更加轻盈了。

赏析

这首诗写的是诗人在夏天的傍晚登高观看到的景象，虚实相间，张弛有致。诗人在登高览眺之际，刚好看到这些景物，进而触发联想，情与境谐，从而将一刹那间别有会心的感受融化在对晚晴景物的描写之中，浑然天成，不着痕迹。

越鸟

越鸟指的是南方的鸟，“越”指古代的越国。《古诗十九首》中的《行行重行行》就有“胡马依北风，越鸟朝南枝”的诗句，表现的是越鸟对故土的依恋，因而越鸟也成为触动旅人羁（jī）愁的一个意象。

古诗词中的物候

——让大自然说话

物候是我国古代人民的智慧结晶，它指的是动植物与当地的生态环境协同进化而形成的生长发育节律现象。我国古代很讲究节气物候， 物候相关的知识被广泛应用于渔猎活动和早期的农业生产之中。文人也常将物候写入古诗词中。

苏轼的《惠崇春江晚景》中的“竹外桃花三两枝，春江水暖鸭先知”就包含了物候知识：早春天气，鸭子最先感知春江水暖，嬉戏水中。宋代赵师秀《约客》中的“黄梅时节家家雨，青草池塘处处蛙”就出现了三种物候——黄梅、雨、蛙鸣，表明了春末夏初的特点。白居易《大林寺桃花》中的“人间四月芳菲尽，山寺桃花始盛开”，展现了山上气温比山下要低，因而桃花也开得晚的物候特点。

涉及物候的古诗中往往会看到古人的农事活动。如范成大《四时田园杂兴》中的“蝴蝶双双入菜花，日长无客到田家”就表现了蝴蝶飞入菜花的时节，农人忙于农事。韦应物的《观田家》中“微雨众卉新，一雷惊蛰始。田家几日闲，耕种从此起”，也用“微雨”“一雷”“惊蛰”等物候描写了农人的耕种时节。

现在，随着科技进步，人类对气候有了更准确的认知，大部分人也脱离了农业生产，物候等相关概念逐渐退出了人们的视线，但它的文化价值依然很高。

诗路小憩

诗词大会

一、古诗词中有很多含有“水”字的诗句，试着写出几句。

1. ______________，______________。

2. ______________，______________。

3. ______________，______________。

4. ______________，______________。

5. ______________，______________。

二、从下面的九宫格中各识别出一句五言古诗。

远	听	色
近	水	山
有	画	看

秋	去	清
春	冬	夏
来	犹	往

人	重	间
晴	雨	湖
上	晚	后

往	河	上
海	人	面
江	生	来

xiǎo ér chuí diào
小儿垂钓

［唐］胡令能[1]

péng tóu zhì zǐ xué chuí lún
蓬头[2]稚子[3]学垂纶[4]，

cè zuò méi tái cǎo yìng shēn
侧坐莓苔[5]草映[6]身。

lù rén jiè wèn yáo zhāo shǒu
路人借问遥招手，

pà dé yú jīng bú yìng rén
怕得鱼惊不应人。

注释

❶ **胡令能**（785—826），唐朝诗人，青年时家境贫穷，曾是手工匠人，写诗出名后，大家都还叫他“胡钉铰”。他的诗语言浅显而构思精巧，极富生活情趣。❷ **蓬头**：头发很乱的样子。❸ **稚子**：小孩子。❹ **垂纶**：钓鱼。纶，钓鱼用的丝线。❺ **莓苔**：青苔，泛指在潮湿的地面生长的低等植物。❻ **映**：掩映，遮掩。

译文

一个头发蓬乱的小孩儿正在学钓鱼，他侧着身子坐在青苔上，让草丛挡住自己。过路人向他问路，他远远地就摆手示意，生怕惊跑鱼儿不肯开口回答。

赏析

这是一首描写儿童生活的诗。前两句主要写小孩儿的外貌和动作，后两句主要写小孩儿对问路人的反应，写出了他小心翼翼怕惊扰鱼儿的心理，让人觉得真实可爱。

儿童

儿童作为一类人物，常被诗人写入诗中。这些儿童或活泼可爱，或灵动聪慧，或天真幼稚。在诗词中，儿童不只是描写的现实中的人，更是诗人心灵的寄托和理想的化身。

xiǎo mǎn

小满

［元］元 淮[1]

zǐ guī shēng lǐ yǔ rú yān
子规声里雨如烟，

rùn bī hóng xiāo tòu kè zhān
润逼红绡[2]透客毡。

yìng shuǐ huáng méi duō bàn lǎo
映水黄梅多半老，

lín jiā cán shú mài qiū tiān
邻家蚕熟麦秋[3]天。

注释

❶ **元淮**（1130—？），字国泉，号水镜，元代诗人。❷ **红绡**：红色的薄绸，这里借指花朵。❸ **麦秋**：初夏。初夏正是麦子成熟的季节，而秋天是谷物成熟的季节，因此古人引申称初夏为麦秋。

译文

在杜鹃的声声啼叫中，天空烟雨蒙蒙，润湿了红绸般的花朵和游客的毡帽靴子。湖边的梅子大半都熟透了，村里人家的蚕已结茧，又到了麦熟夏收的季节。

赏析

这首小诗展现的是小满时的景象。前两句讲的是小满时烟雨蒙蒙的天气，第三句描述了这时植物的状态，黄梅多半熟透了。最后一句则展现了这时人们的一些活动，邻家的蚕熟了，麦子也要准备收割了。全诗语言凝练，富有生活气息。

小满

小满是夏季的第二个节气，在这个时候，气温逐渐升高了，一些喜阴的草类会枯死，而麦子也开始成熟了。北方地区农谚“小满不满，麦有一险”，南方地区农谚“小满不满，干断田坎”，说的都是小满时节农作物需要雨水的情况。

sì shí tián yuán zá xìng qí sān shí yī

四时田园杂兴[1]·其三十一

［宋］范成大[2]

zhòu chū yún tián yè jì má

昼出耘田[3]夜绩麻[4]，

cūn zhuāng ér nǚ gè dāng jiā

村庄儿女各当家[5]。

tóng sūn wèi jiě gòng gēng zhī

童孙[6]未解[7]供[8]耕织，

yě bàng sāng yīn xué zhòng guā

也傍[9]桑阴[10]学种瓜。

注释

❶ **杂兴**：有感而发，随事吟咏的诗。❷ **范成大**（1126—1193），字至能，晚年号石湖居士，南宋名臣、文学家、诗人。他的诗清新雅致，题材广泛，其中以田园诗最为出名。他与杨万里、陆游、尤袤合称“中兴四大诗人”。❸ **耘田**：除去田里的杂草。❹ **绩麻**：把麻搓成绳或线。❺ **各当家**：各人都是行家里手，独当一面。❻ **童孙**：小孙子，这里指儿童。❼ **未解**：不懂，不知道。❽ **供**：从事，参加。❾ **傍**：靠近，临近。❿ **桑阴**：桑树底下。阴，树荫。

译文

白天在田里锄草，夜晚在家里搓麻绳，村庄里的男男女女各司其职、各管一行。小孩子们还不懂耕田织布，却也在桑树底下学着种瓜。

赏析

这首诗写的是夏日村庄的生活场景。最精彩的是后两句，一个“学”字，透出儿童的天真活泼，极富生活情趣。全诗语言通俗浅显，文笔清新自然，由景见情，意趣横生。

田园

东晋诗人陶渊明开创了田园诗体后，唐宋等朝代诗歌中的田园诗便主要由隐居不仕的文人和从官场退居田园的仕宦者们所作。这些诗歌多以农村景物和农民、牧人、渔夫等劳动者为题材，展现了当时的农村风貌。

sì shí tián yuán zá xìng qí èr shí wǔ

四时田园杂兴·其二十五

［宋］范成大

méi zi jīn huáng xìng zi féi
梅子金黄杏子肥[1]，

mài huā xuě bái cài huā xī
麦花雪白菜花稀[2]。

rì cháng lí luò wú rén guò
日长[3]篱落[4]无人过，

wéi yǒu qīng tíng jiá dié fēi
惟[5]有蜻蜓蛱蝶[6]飞。

注释

❶ **肥**：指果实饱满。❷ **菜花稀**：油菜花稀疏。油菜花开在春季，初夏时渐渐凋谢。❸ **日长**：白天的时间长了。夏季里白天的时间比别的季节都长。❹ **篱落**：篱笆。❺ **惟**：只。❻ **蛱蝶**：蝴蝶的一种，翅膀赤黄色，有黑色条纹。

译文

梅子已经变得金黄，杏子也长得十分饱满；雪白的荞麦花开得很茂盛，油菜花却开始凋谢了。夏日渐渐变得悠长，篱笆旁边见不到过往的行人，只有蜻蜓和蝴蝶在悠闲地飞舞。

赏析

这首诗写的是初夏江南的田园景色。前两句写出梅黄杏肥、麦白菜稀的样子，色彩鲜丽。第三句从侧面写出农民劳动的情况，最后一句以动来衬托村中的寂静，文笔清新轻巧，流畅自然。

杏子

杏树原产于中国西部地区，是中国最古老的栽培果树之一。杏子在古代的诗词中也常出现，一般指示时间。『杏子青』一般指晚春，『杏子红』『杏子肥』则一般指初夏。

chū xià shuì qǐ

初夏睡起

［宋］杨万里[1]

méi zi liú suān jiàn chǐ yá
梅子流酸溅齿牙，

bā jiāo fēn lǜ shàng chuāng shā
芭蕉分绿上窗纱[2]。

rì cháng shuì qǐ wú qíng sī
日长睡起无情思[3]，

xián kàn ér tóng zhuō liǔ huā
闲看儿童捉柳花[4]。

注释

❶ **杨万里**（1127—1206），字廷秀，号诚斋，南宋著名诗人，与陆游、尤袤、范成大并称为“中兴四大诗人”。❷ **芭蕉分绿上窗纱**：芭蕉的绿色映照在纱窗上。❸ **思**：情意，情绪。❹ **柳花**：柳絮（xù）。

译文

梅子的味道很酸，吃过之后，在牙齿之间还留有酸味；芭蕉的绿色映照在纱窗上。春去夏来，白天变长了，人也变得疲倦，午睡后起来，情绪无聊，闲着无事，观看儿童戏捉空中飘飞的柳絮。

赏析

这首诗选用了梅子、芭蕉、柳花等物候来表现初夏这一时令的特点。诗人闲居乡村，初夏午睡后，悠闲地看着儿童捕捉、戏玩空中飘飞的柳絮，心情舒畅。芭蕉分绿，柳花戏舞，诗人的心情与景物一样清新闲适，意趣横生。诗中的“闲”字不仅把诗人心中那份恬静闲适和对乡村生活的喜爱之情表现出来，而且非常巧妙地呼应了诗题。

芭蕉

芭蕉是一种叶子很宽大的植物，在中国古代常作为园林植物种植，一般种在庭前屋后，或者种在窗前院落，掩映成趣。如诗中所说的『芭蕉分绿上窗纱』，想必就是把芭蕉种在窗前了。

诗词天地

大型田园组诗

——《四时田园杂兴》

《四时田园杂兴》是宋代诗人范成大写的一组田园诗，共六十首，分为春日、晚春、夏日、秋日、冬日五部分，每部分十二首。这些诗真实地再现了当时农村不同时节的场景，很有意义。以下精选了部分，快来读一读吧。

春　日

●柳花深巷午鸡声，桑叶尖新绿未成。坐睡觉来无一事，满窗晴日看蚕生。

●高田二麦接山青，傍水低田绿未耕。桃杏满村春似锦，踏歌椎鼓过清明。

晚　春

●蝴蝶双双入菜花，日长无客到田家。鸡飞过篱犬吠窦，知有行商来买茶。

●谷雨如丝复似尘，煮瓶浮蜡正尝新。牡丹破萼樱桃熟，未许飞花减却春。

夏　日

●二麦俱秋斗百钱，田家唤作小丰年。饼炉饭甑无饥色，接到西风熟稻天。

●槐叶初匀日气凉，葱葱鼠耳翠成双。三公只得三株看，闲客清阴满北窗。

秋　日

●静看檐蛛结网低，无端妨碍小虫飞。蜻蜓倒挂蜂儿窘，催唤山童为解围。

●新霜彻晓报秋深，染尽青林作缬林。惟有橘园风景异，碧丛丛里万黄金。

冬　日

●屋上添高一把茅，密泥房壁似僧寮。从教屋外阴风吼，卧听篱头响玉箫。

●放船开看雪山晴，风定奇寒晚更凝。坐听一篙珠玉碎，不知湖面已成冰！

诗路小憩

诗词大会

一、请在下面的空缺处填上植物的名称。

1. 映水□□多半老，邻家蚕熟□秋天。

2. 童孙未解供耕织，也傍□阴学种□。

3. 梅子金黄□□肥，□□雪白□□稀。

4. □□流酸溅齿牙，□□分绿上窗纱。

5. 蝴蝶双双入□□，日长无客到田家。

二、回答下列问题。

1.《小儿垂钓》的作者是唐代的哪位诗人？

______

2.“麦秋天”指的是什么时候？

______

3. 南宋“中兴四大诗人”分别是哪些人？

______

4.“日长睡起无情思，闲看儿童捉柳花”出自哪位诗人的哪首诗？

______

夜宿[1]山寺

yè sù shān sì

［唐］李　白

wēi lóu gāo bǎi chǐ
危楼[2]高百尺，

shǒu kě zhāi xīng chén
手可摘星辰[3]。

bù gǎn gāo shēng yǔ
不敢高声语[4]，

kǒng jīng tiān shàng rén
恐[5]惊天上人。

注释

❶ **宿**：住，过夜。❷ **危楼**：高楼，这里指山顶的寺庙。危，高。百尺，虚指，不是实数，这里形容楼很高。❸ **星辰**：统称天上的星星。❹ **语**：说话。❺ **恐**：唯恐，害怕。

译文

山顶寺庙的高楼真高啊，人站在楼上，好像一伸手就可以摘下天上的星星。站在这里，我不敢大声说话，害怕惊动天上的神仙。

赏析

整首诗语言自然朴素，形象逼真。诗人用夸张的艺术手法，大胆的想象，把山寺的高耸生动地表现出来，给人身临其境的感觉。摘星辰、惊天人，这些仿佛童稚的想法，被诗人信手拈来，用在诗中，让人感觉情趣盎然，有返璞归真之妙。

夜宿

我们现在出行，到了晚上要住宿很方便，有各种酒店旅馆可供选择。古人出行晚上住宿时，就没有我们这么方便了。那时，官府会在各地设置驿站，但基本只供官员、信使等公务人员入住。平民则是住客栈。那时的客栈比较简陋，所以还有一个选择就是住寺庙。古代学子赶考大都住在寺庙里，因而留下了很多关于夜宿寺庙的诗词。

喜晴

xǐ qíng

［宋］范成大

chuāng jiān méi shú luò dì
窗间梅熟落蒂，

qiáng xià sǔn chéng chū lín
墙下笋成出林。

lián yǔ bù zhī chūn qù
连雨❶不知春去，

yì qíng fāng jué xià shēn
一晴方觉夏深❷。

注释

❶**连雨**：连续下雨。❷**夏深**：已经是盛夏了。

译文

窗户之间的梅子熟了之后落了下来，墙下的竹笋长成了竹林。雨不断地下，晴起来的时候才恍然大悟春天早就过去，已经进入夏天很久了。

赏析

范成大喜欢在窗前种梅树，夏可尝青梅，冬可赏梅花。这首诗的前两句写景。诗人采用富有象征性的物——“梅”“竹”，描绘它们不知不觉的变化，从而写出时序的更替。第三句承上启下，惋惜春天已去。末句用“方觉”二字感叹时光飞逝。此诗写景言情，于平淡中见深意，颇为含蓄。

竹笋

竹笋是竹子的幼芽,《诗经》中就有“加豆之实，笋菹（zū）鱼醢（hǎi）”“其簌伊何，惟笋及蒲”等诗句记载，可见竹笋在我国有很长的食用历史。竹笋生长速度很快，在诗词中常用来表现时间的流逝：一不留神，竹笋就长成竹子了。

chū xià jí shì
初夏即事

[宋]王安石

shí liáng máo wū yǒu wān qí
石梁❶茅屋有弯碕❷，

liú shuǐ jiàn jiàn dù liǎng bēi
流水溅溅❸度两陂❹。

qíng rì nuǎn fēng shēng mài qì
晴日暖风生麦气，

lǜ yīn yōu cǎo shèng huā shí
绿阴幽草胜花时❺。

注释

❶ **石梁**：石桥。❷ **弯碕**：曲岸。❸ **溅溅**：流水声。❹ **陂**：池塘。❺ **花时**：花开的季节，指春天。

译文

石桥和茅草屋绕在曲岸旁，溅溅的流水流入西边的池塘。晴朗的天气和暖暖的微风催生了麦子，麦子的气息随风而来。碧绿的树荫，青幽的绿草远胜春天百花烂漫的时节。

赏析

这首诗描绘了初夏的景物，一句诗写一处景。首句写静景，次句写动景，第三句放眼高远，景物稍虚，却写出光明、温暖和特殊的香气——麦气。最后一句则采用对比的手法，表达有着树荫和绿草的初夏比花开的春时更美好。此诗取景别致，感受独特，意境独到。

绿荫

绿荫是关于夏日的诗词中常见的一种意象。此时天气较热，如有茂密的枝叶挡住阳光，可以给人带来凉爽，同时也有一种幽静的氛围。因而诗词中的绿荫常常带有一丝清幽的意味。

xiǎo chí

小池

［宋］杨万里

quán yǎn wú shēng xī xì liú
泉眼[1]无声惜[2]细流，

shù yīn zhào shuǐ ài qíng róu
树荫照水[3]爱晴柔[4]。

xiǎo hé cái lù jiān jiān jiǎo
小荷才露尖尖角[5]，

zǎo yǒu qīng tíng lì shàng tóu
早有蜻蜓立上头。

注释

❶ **泉眼**：泉水的出口。❷ **惜**：珍惜，爱惜。❸ **照水**：倒映在水面上。❹ **晴柔**：晴朗柔和的天气。❺ **尖尖角**：嫩荷叶的尖端。

译文

泉眼无声地淌着涓涓细流，像是十分珍惜水流，不愿让泉水流得更大；树荫倒映在水面上，像是特别喜欢这风和日丽的美好时光。新荷才刚刚露出尖尖的一角，就有蜻蜓立在上面了。

赏析

这首诗通过对小池中的泉水、树荫、小荷、蜻蜓的描写，给我们展现出一幅朴素、自然而又充满情趣的画面。全诗从“小”处着眼，笔调清新，语言通俗，生动地描绘了初夏时小池中的景象。

蜻蜓

蜻蜓是夏季常见的一种昆虫，在关于夏天的诗词中也时常出现它的身影。杨万里的这首诗让蜻蜓轻盈、可爱的形象深入人心。范成大的“日长篱落无人过，惟有蜻蜓蛱蝶飞”，刘禹锡的“行到中庭数花朵，蜻蜓飞上玉搔头”也提到了这种可爱的生物。

tí xī lín bì
题西林壁[1]

［宋］苏　轼[2]

héng kàn chéng lǐng cè chéng fēng
横看[3]成岭侧[4]成峰，

yuǎn jìn gāo dī gè bù tóng
远近高低各不同。

bù shí lú shān zhēn miàn mù
不识庐山真面目，

zhǐ yuán shēn zài cǐ shān zhōng
只缘[5]身在此山[6]中。

注释

❶ **题西林壁**：题写在西林寺墙壁上的诗。西林，即西林寺，在江西庐山脚下。❷ **苏轼**（1037—1101），字子瞻，号东坡，北宋著名文学家、书法家、画家，“唐宋八大家”之一。❸ **横看**：从山的正面看。❹ **侧**：从山的侧面看。❺ **只缘**：只因为。缘，因为。❻ **此山**：指庐山。

译文

横看是蜿蜒的山岭，侧看是险峻的高峰，从远近高低不同的视角观察，看到的景色也是千姿百态，各不相同。之所以不能看清庐山的真实面目，只因为自己置身在庐山之中。

赏析

《题西林壁》是苏轼第一次登上庐山游览，观庐山后的思考和总结。这首诗描写了庐山变化多姿的面貌，并借景说理，指出观察问题应客观全面，如果主观片面，就得不出正确的结论。

庐山

庐山位于江西省的九江市，是我国十大名山之一。古往今来，众多文人墨客在庐山写下传世诗篇。李白的《望庐山瀑布》以及苏轼的《题西林壁》是其中的翘楚，让庐山成为众多人的神往之地。

中华十大名山之一
——庐山

庐山位于江西省九江市境内，最早的关于庐山的文字记载出现在《尚书·禹贡》中：“岷山之阳，至于衡山。过九江，至于敷浅原。”其中，“敷浅原”就是庐山别名。古代有很多写庐山的诗词，除了前面提到的李白的《望庐山瀑布》和苏轼的《题西林壁》外，还有不少佳作。我们一起来欣赏一下。

登庐山绝顶望诸峤

［南北朝］谢灵运

山行非有期，弥远不能辍。但欲掩昏旦，遂复经圆缺。
扪壁窥龙池，攀枝瞰乳穴。积峡忽复启，平途俄已绝。
峦垅有合沓，往来无踪辙。昼夜蔽日月，冬夏共霜雪。

江上送客游庐山

［唐］张　继

楚客自相送，沾裳春水边。晚来风信好，并发上江船。
花映新林岸，云开瀑布泉。惬心应在此，佳句向谁传。

宿东林寺

［唐］白居易

经窗灯焰短，僧炉火气深。索落庐山夜，风雪宿东林。

别东林寺僧

［唐］李　白

东林送客处，月出白猿啼。笑别庐山远，何烦过虎溪。

诗路小憩

诗词大会

一、将下列内容补充完整。

1. ______________________，只缘身在此山中。

2. ______________________，早有蜻蜓立上头。

3. 不敢高声语，______________________。

4. 晴日暖风生麦气，______________________。

5. ______________________，一晴方觉夏深。

二、古诗词中包含“山”字的诗句很多，请根据下面的表格，写出“山”字在不同位置的诗句。（也可填五言或词句）

山						
	山					
		山				
			山			
				山		
					山	
						山

yǐn hú shàng chū qíng hòu yǔ

饮湖上初晴后雨[1]

[宋]苏 轼

shuǐ guāng liàn yàn qíng fāng hǎo
水光潋滟[2]晴方好[3]，

shān sè kōng méng yǔ yì qí
山色空蒙[4]雨亦[5]奇[6]。

yù bǎ xī hú bǐ xī zǐ
欲[7]把西湖比西子[8]，

dàn zhuāng nóng mǒ zǒng xiāng yí
淡妆浓抹[9]总相宜[10]。

注释

❶ **饮湖上初晴后雨**：在西湖上饮酒咏诗，起初晴天，后来下雨了。饮，饮酒。湖，即西湖。❷ **潋滟**：波光闪动的样子。❸ **方好**：正好。❹ **空蒙**：云雾迷茫的样子。❺ **亦**：也。❻ **奇**：指景色奇妙。❼ **欲**：想要，如果。❽ **西子**：西施，春秋末期越国的美女。❾ **淡妆浓抹**：梳妆打扮或淡雅或浓艳。❿ **总相宜**：都适宜。宜，适宜，合适。

译文

西湖晴天时水波闪动，风景正好；下雨时山色迷蒙，景色也奇幻美丽。若把西湖比作美女西施，不论她是淡雅的装束，还是浓艳的打扮，看起来总是十分得体。

赏析

这首山水诗先写实景，分别突出水与山，把西湖山水的独特之美呈现在读者眼前。最后笔锋一转，把西湖与美女西施相提并论，将西湖在不同的天气里所呈现出的美景与西施“淡妆浓抹总相宜”的神韵联系起来，贴切传神。

西子

西子就是西施，是中国古代四大美女之一。她本是越国的一个浣纱女，因相貌出众被送到吴国。吴王对她百依百顺，因而沉溺游乐，不理国事，吴国逐渐衰弱了。越王勾践便趁机出兵灭了吴国。

cūn wǎn
村晚

［宋］雷　震[1]

cǎo mǎn chí táng shuǐ mǎn bēi
草满池塘水满陂，

shān xián luò rì jìn hán yī
山衔落日[2]浸寒漪[3]。

mù tóng guī qù héng niú bèi
牧童归去横牛背，

duǎn dí wú qiāng xìn kǒu chuī
短笛无腔[4]信口[5]吹。

注释

❶**雷震**，宋朝人，其诗见《宋诗纪事》卷七十四。❷**山衔落日**：太阳落山时靠近山谷，像被山吞了一样。❸**寒漪**：让人感到寒意的水中波纹。❹**腔**：曲调。❺**信口**：随口。

译文

池塘四周长满了青草，池水几乎溢出了塘岸，远山和落日倒映在水中，闪动着粼粼波光。放牛的孩子横坐在牛背上，慢慢地回家，拿着短笛随意地吹奏不成调的曲子。

赏析

这首诗展现的是一幅牧童骑牛晚归图。诗中写景集中在池塘上，写人则集中在牧童上，又都紧紧围绕着“村晚”二字落笔，把读者引入优美的田园风光之中，使读者对悠然恬静的乡村生活充满向往。

池塘

写景的诗词中，池塘是一个很重要的景观。春天有『池塘水绿风微暖』（晏殊），夏天有『昼倦前斋热，晚爱小池清』（白居易），秋天有『野池水满连秋堤』（王建），冬天有『寒池冬不流』（张耒）。

shí yǔ
时　雨（节选）

［宋］陆　游

shí yǔ jí máng zhòng，sì yě jiē chā yāng
时雨及芒种，四野皆插秧。

jiā jiā mài fàn měi，chù chù líng gē cháng
家家麦饭[1]美，处处菱歌[2]长。

lǎo wǒ chéng duò nóng，yǒng rì fù zhú chuáng
老我成惰农，永日付[3]竹床。

shuāi fà duǎn bú zhì，ài cǐ yī yǔ liáng
衰发短不栉[4]，爱此一雨凉。

注释

❶ **麦饭**：磨碎的麦煮成的饭。❷ **菱歌**：采菱之歌。❸ **付**：交给。❹ **栉**：用梳子、篦（bì）子等梳头发。

译文

芒种的时候下了及时雨，田野中到处都在插秧。家家户户的饭菜都做得很好吃，四处都能听到采菱的人在唱着采菱之歌。我老了，成了懒惰的农民，整日都待在竹床上面。我的花白头发已经短到梳子都梳不了了，就喜欢这一场雨的凉意。

赏析

《时雨》是陆游写的一首长诗，这里节选了诗的前八句。节选部分的前四句从视觉、味觉、听觉三个方面展现了芒种时节人们忙着插秧采菱的景象。后四句则表现了诗人自己在这个时候的状态：他已经老了，头发都短得梳不起来了，却还是喜欢这时候的雨的凉意。这首诗语言恬淡，从多个方面展现了乡村生活。

芒种

芒种是夏天的第三个节气，标志仲夏时节的正式开始。芒种的意思是『有芒的麦子快收，有芒的稻子可种』，在这个时候，农人一般都忙于农事。芒种的习俗有送花神、安苗、煮梅等。

sān qú dào zhōng

三衢道中①

[宋] 曾 几②

méi zi huáng shí rì rì qíng

梅子黄时③日日晴，

xiǎo xī fàn jìn què shān xíng

小溪泛尽④却山行⑤。

lǜ yīn bù jiǎn lái shí lù

绿阴不减⑥来时路，

tiān dé huáng lí sì wǔ shēng

添得黄鹂四五声。

注释

❶ **三衢道中**：在前往三衢州的路上。三衢即浙江衢州，因境内有三衢山而得名。❷ **曾几**（1084—1166），字吉甫，自号茶山居士，南宋诗人。他的诗以抒情遣兴、唱酬题赠为主。❸ **梅子黄时**：指农历五月，梅子成熟时。❹ **小溪泛尽**：乘小船走到小溪的尽头。❺ **却山行**：再走山间小路。却，再的意思。❻ **不减**：并没有少多少，差不多。

译文

梅子黄透了的时候，天天都是晴朗的天气，坐着小船游赏到了小溪的尽头，再改走山路继续向前。山路上树木苍翠，与来的时候一样浓密，深林中传来几声黄鹂的啼叫，更增添了不少游兴。

赏析

这首诗首句写出行的时间，次句写出行的路线。三四句写路上的风景。全诗语言明快自然，写出了初夏时节宁静的景色和诗人山行时愉快的心情。

三衢

三衢指的是浙江的衢州，与福建、安徽、江西三省交界，因而有『四省通衢』的美称。古人时常途经这里以到达其他省份，从而留下了许多关于这个地方的诗词。

hè duān wǔ

和端午

［宋］张　耒（lěi）[1]

jìng dù shēn bēi qiān zǎi yuān
竞渡[2]深悲千载冤，

zhōng hún yí qù jù néng huán
忠魂一去讵[3]能还。

guó wáng shēn yǔn jīn hé yǒu
国亡身殒[4]今何有，

zhǐ liú lí sāo zài shì jiān
只留《离骚》[5]在世间。

注释

❶ **张耒**（1054—1114），北宋文学家，擅长诗词，为苏门四学士之一。❷ **竞渡**：赛龙舟。❸ **讵**：岂，表示反问。❹ **殒**：死亡。❺ **《离骚》**：战国时楚人屈原的作品。

译文

龙舟竞赛为的是深切纪念屈原的千古奇冤，忠烈之魂一去千载哪里还能回还啊？国破身死现在还能有什么呢？唉！只留下千古绝唱之《离骚》在人世间了！

赏析

这首诗从端午赛龙舟写起，看似简单，实则意蕴深远，因为龙舟竞渡是为了拯救和悲悼屈原的千载冤魂。但“忠魂一去讵能还”又写出无限的悲哀与无奈，隐含着慷慨悲壮之意，它使得全诗的意境直转而上、宏阔高远。于是三四两句便水到渠成了：虽然“国亡身殒”，躯体灰飞烟灭，但那光照后人的爱国精神和彪炳千古的《离骚》绝唱永远不会消亡。

端午

端午节在农历的五月初五日，是中国的四大传统节日之一。据说伟大的爱国诗人屈原在这一天纵身投进了汨罗江，以身殉国。为了纪念他，人们在这一天会包粽子，举行龙舟赛等。

端午节的习俗

端午节是我国的一个重要节日，在这一天，民间有很多习俗。

一、包粽子

古代为祭祀投江的屈原，人们会在农历五月初五日煮糯米饭或蒸粽糕投入江中。又害怕鱼会吃掉这些食物，人们就想出用粽叶包着米，在外面缠上彩丝的方法。后来，吃粽子就成了端午节的风俗。

二、赛龙舟

传说楚国人通过划龙舟的方式来驱散江中之鱼，以免鱼吃掉屈原的尸体。后来便演变成了赛龙舟的形式，成为端午节的一大习俗。

三、挂艾草、菖蒲

端午节当天，人们会在院门前和房檐下挂艾草或菖蒲。这两种物品有一定的驱除蚊虫的作用；又因为菖蒲叶子形状似剑，古人称之为“水剑”，认为它可以起到驱魔祛鬼的效果。

四、驱五毒

五月是五毒（蝎、蛇、蜈蚣、壁虎、蟾蜍）出没的时候，端午节又被人们认为是“毒日”，因而要用各种方法驱除五毒之害。他们会去采药，沐兰汤，将雄黄酒洒在墙边，还在屋中贴五毒图，在衣饰上绣制五毒，在饼上缀五毒图案等。

端午节的习俗还有很多，如斗百草、点雄黄酒等，感兴趣的同学可以询问老师或家长，了解更多相关知识。

诗路小憩

诗词大会

一、从下面的十六宫格中各识别出一句古诗词。

阴	小	不	水
家	绿	子	色
溪	山	来	时
黄	减	梅	路

山	潋	宜	蒙
奇	滟	空	牧
湖	色	相	童
雨	西	亦	牛

山	种	日	时
时	衔	梅	浸
寒	落	四	五
芒	子	漪	来

离	深	骚	在
魂	只	端	凉
忠	留	雨	间
一	悲	世	午

二、选择正确的选项。

1. 《饮湖上初晴后雨》的作者是（　　　　）。

A. 李白　　B. 杜甫　　C. 苏轼

2. 夏季的第三个节气是（　　　　）。

A. 芒种　　B. 小满　　C. 夏至

3. “梅子黄时”指的是（　　　　）。

A. 农历三月　　B. 农历四月　　C. 农历五月

登鹳雀楼
dēng guàn què lóu

［唐］王之涣❶

bái rì yī shān jìn
白日❷依❸山尽❹，

huáng hé rù hǎi liú
黄河入海流。

yù qióng qiān lǐ mù
欲穷❺千里目❻，

gèng shàng yì céng lóu
更上一层楼。

注释

❶ **王之涣**（688—742），字季陵，唐代著名边塞诗人。他的边塞诗气势磅礴，音韵优美，与王昌龄、高适等齐名。❷ **白日**：太阳。❸ **依**：依傍，靠近。❹ **尽**：落下。❺ **穷**：尽。❻ **目**：目光，视线。

译文

太阳挨着山头落下，黄河水向大海滚滚流去。如果想望到更远的景色，就要再登上一层高楼。

赏析

这首诗首句写景，描绘夕阳落山的现实景色。次句造势，诗人面对从楼前流过的滚滚黄河水，好像看见黄河一路奔涌，直入大海。后两句由眼前所见引出深沉思考：若想看到无穷无尽的美景，就要不断向上攀登，迈向更高的一层楼。这两句含意深远，富有哲理，耐人寻味。

鹳雀楼

鹳雀楼位于山西省，在北周的时候就建立起来了，是我国的名楼之一。唐宋时期，有很多文人学士登楼赏景，因而留下许多不朽的诗篇。可惜的是，原来的鹳雀楼已经被毁坏了，现在的鹳雀楼是后人重建的。

xià rì jué jù
夏日绝句

［宋］李清照[1]

shēng dāng zuò rén jié
生当作人杰[2]，

sǐ yì wéi guǐ xióng
死亦为鬼雄[3]。

zhì jīn sī xiàng yǔ
至今思项羽[4]，

bù kěn guò jiāng dōng
不肯过江东[5]。

注释

❶ **李清照**（1108—1155），号易安居士，宋代女词人，婉约词派代表，有“千古第一才女”之称。❷ **人杰**：人中的豪杰。❸ **鬼雄**：鬼中的英雄。❹ **项羽**：秦朝末年的起义军领袖，后来与刘邦争夺天下，兵败后自杀。❺ **江东**：长江在芜湖、南京间向东北方向斜流，古人习惯上称此以下的长江南岸地区为江东。

译文

活着的时候应该做人中的豪杰，死了以后也要成为鬼中的英雄。人们直到现在还思念着项羽，只因他宁死也不愿逃回江东。

赏析

这首诗的前两句写诗人认为对待人生应有的态度，显示出不屈不挠的精神和光明磊落的胸怀。最后两句用项羽宁死不愿渡江的英雄气概，鞭挞南宋朝廷的昏庸。借古讽今，正气凛然。

项羽

项羽是秦朝末年农民起义的领袖，他自称西楚霸王，勇猛好武，率军灭了秦国。但是，他刚愎自用，又猜疑他人，最后被刘邦打败，在乌江自刎。

zhú shí

竹石①

［清］郑 燮②

yǎo dìng qīng shān bú fàng sōng
咬定③青山不放松，

lì gēn yuán zài pò yán zhōng
立根原在破岩④中。

qiān mó wàn jī hái jiān jìng
千磨万击⑤还坚劲⑥，

rèn ěr dōng xī nán běi fēng
任尔⑦东西南北风。

注释

①**竹石**：这是一首题画诗，《竹石》是画题。②**郑燮**（1693—1765），字克柔，号板桥。他一生多画兰、竹、石，他的诗、书、画，世称“三绝”。他是清代富有代表性的文人画家，为“扬州八怪”之一。③**咬定**：咬紧。形容竹子牢牢扎根在青山上。④**破岩**：有裂缝的岩石。⑤**千磨万击**：千次的折磨，万次的打击。形容困苦磨难极多。⑥**坚劲**：坚强有韧性，不屈不挠。⑦**任尔**：随便你。任，任凭。尔，你。

译文

咬紧了青山就绝不放松，竹根已经深深地扎在岩石缝中。历经千万次的磨难后更加坚韧，任凭你东西南北肆虐而来的狂风吹打。

赏析

这首题画诗，开头用“咬定”二字，把岩竹拟人；后两句写岩竹的品格，历经无数磨难，终于成就了坚韧挺拔的风姿，绝不惧怕四面吹来的狂风。全诗表达了作者正直倔强的性格和决不向任何邪恶势力低头的傲气。

岩竹

岩竹指的是在岩石间顽强生长的竹子，因《竹石》这首诗而成为一种精神象征，代表着顽强执着、达观洒脱、无所畏惧的精神风貌。

xià cí

夏词

［明］智　生[1]

yán wēi tiān qì rì piān cháng
炎威[2]天气日偏长，

hàn shī qīng luó yǐ huà chuāng
汗湿轻罗[3]倚画窗。

fēng dié bù zhī chūn yǐ qù
蜂蝶不知春已去，

yòu xián huā bàn dào lán fáng
又衔花瓣到兰房[4]。

注释

❶**智生**（1635—1653），清代初年浙江仁和女尼。俗姓黄，名埃。❷**炎威**：犹言酷热，极其炎热。❸**轻罗**：薄薄的罗纱，指丝绸衣服。❹**兰房**：兰香氤氲的房舍，特指妇女所居之室。此处指智生坐禅修行的斋室。

译文

炎热的天气中白天很长，我倚着画窗，汗水浸湿了我的衣裳。蜜蜂和蝴蝶都不知道春天已经过去了，还衔着花瓣到我的斋室来。

赏析

智生的诗多清新淡雅，一如其端庄为人。这首吟咏夏景之诗，尤为新颖可喜。写的是琐碎小事，平凡生活，却能巧出新意，令人击节赞叹。观察的细致入微，描写的准确生动，使这样一首短短的绝句，能经历时间和空间的考验而流传下来。

轻罗

“绫罗绸缎”中的“罗”是一种丝绸面料，历史非常悠久。它比较透气，所以常被用来做内衣、蚊帐、帐幕、裙裤、扇子等。轻罗是罗的一种，质地比较轻盈，质量上乘，非常柔软。

dé shèng yuè xià

得胜乐·夏❶

［元］白 朴❷

kù shǔ tiān，kuí liú fā，

酷暑天，葵榴发，

pēn bí xiāng shí lǐ hé huā。

喷鼻香十里荷花。

lán zhōu xié lǎn chuí yáng xià，

兰舟❸斜缆垂杨下，

zhǐ yí pū zhěn diàn xiàng liáng tíng pī jīn sàn fà。

只宜铺枕簟❹向凉亭披襟散发❺。

注释

❶ **得胜乐**：曲牌名。❷ **白朴**（1226—约 1306），原名恒，字仁甫，后改名朴，字太素，号兰谷。他与关汉卿、马致远、郑光祖合称为“元曲四大家”。❸ **兰舟**：用木兰做的船。木兰树质坚硬耐腐蚀，宜于做船。❹ **簟**：竹席。❺ **披襟散发**：敞开衣襟，散开头发。

译文

酷热的夏天里，葵花和石榴花争相开放，十里外的荷花更是扑鼻的香。垂柳下停泊着木兰舟，这样的天气，最适合在亭子里枕着凉席披散头发纳凉。

赏析

这首曲先展现了葵花、石榴花、荷花纷纷盛开的盛夏景象，然后展现了作者自己在盛夏时期的生活。“只宜铺枕簟向凉亭披襟散发”既表现了作者的状态，也展现了他悠闲度日的心情。

石榴

据记载石榴是张骞从西域引入中国的。在中国的传统观念中，石榴是一种吉祥物，由于它的果实里包含很多的籽，所以有『多子多福』的寓意。唐代李商隐的『榴枝婀娜榴实繁，榴膜轻明榴子鲜』表现了石榴的特征。

莫以成败论英雄
——诗词中的项羽

项羽的一生在历史上留下了浓墨重彩的一笔，也因而引得后人对他进行各种评价。诗词中，当然也少不了这位人物。除了前面李清照的《夏日绝句》外，还有许多关于项羽的诗词。

题乌江亭

［唐］杜　牧

胜败兵家事不期，包羞忍耻是男儿。

江东子弟多才俊，卷土重来未可知。

叠题乌江亭

［宋］王安石

百战疲劳壮士哀，中原一败势难回。

江东子弟今虽在，肯与君王卷土来？

这两首诗比较有意思，杜牧的诗批评项羽胸襟不够宽广，认为如果项羽能够再回江东重整旗鼓的话，说不定还可以卷土重来。而王安石的诗则认为项羽的失败已成定局，即便是江东子弟还在，项羽也不可能再带领江东子弟卷土重来。两人隔着漫漫时空，对项羽的成败一事进行了不同角度的探讨，各有道理。杜牧的诗歌有一种豪迈之气，而王安石的诗歌则显得深沉。

诗路小憩

诗词大会

一、从下面的九宫格中各识别出一句古诗词。

目	欲	入
海	穷	千
里	立	流

羽	至	更
思	今	根
原	在	项

黄	白	咬
尽	河	依
日	山	定

破	死	鬼
亦	岩	千
雄	中	为

二、选择正确的选项。

1. 《登鹳雀楼》的作者是（　　）。

A. 杜牧　　B. 王之涣　　C. 王安石

2. 《夏日绝句》缅怀的是（　　）。

A. 项羽　　B. 李白　　C. 李清照

3. “咬定青山不放松，立根原在破岩中”说的是（　　）。

A. 竹子　　B. 小草　　C. 松树

4. “只宜铺枕簟向凉亭披襟散发”出自于（　　）。

A. 《夏词》　　B. 《夏日绝句》　C. 《得胜乐·夏》

zhú lǐ guǎn

竹里馆[1]

［唐］王　维

dú zuò yōu huáng lǐ

独坐幽篁[2]里，

tán qín fù cháng xiào

弹琴复长啸[3]。

shēn lín rén bù zhī

深林人不知，

míng yuè lái xiāng zhào

明月来相照[4]。

注释

❶ **竹里馆：** 辋川别墅胜景之一，房屋周围有竹林，因此而得名。❷ **幽篁：** 深密的竹林。篁，竹林。❸ **长啸：** 长声呼啸。魏晋名士称吹口哨为啸。❹ **相照：** 与“独坐”相应，意为左右无人相伴，唯有明月似解人意，偏来相照。

译文

独自坐在幽深的竹林里，弹了一会儿琴，又吹了吹口哨。竹林又深又密，没有人知道我在这里，只有明月陪伴，殷勤来相照。

赏析

这是一首写隐者的闲适生活的诗，描绘了诗人月下独坐、弹琴长啸的悠闲生活。诗中使用了拟人化的手法，把倾洒着银辉的一轮明月当成心心相印的知己朋友，显示出诗人新颖而独到的想象力。全诗的格调幽静闲适，仿佛诗人的心境与自然的景致完全融为一体了。

琴

琴、棋、书、画是古代文人十分重视的四个技能，称『文人四友』。其中，琴是一种中国传统拨弦乐器，是文人吟唱时常用的伴奏乐器。

wàng lú shān pù bù

望庐山①瀑布

［唐］李　白

rì zhào xiāng lú shēng zǐ yān
日照香炉②生紫烟，

yáo kàn pù bù guà qián chuān
遥看瀑布挂前川③。

fēi liú zhí xià sān qiān chǐ
飞流直下三千尺，

yí shì yín hé luò jiǔ tiān
疑是银河落九天④。

赏析

❶ **庐山**：我国名山之一，在江西省九江市北。❷ **香炉**：即香炉峰，因烟云聚散，如香炉之状，故名。❸ **川**：河流。❹ **九天**：古代传说中，天有九重，九天是天的最高层。

译文

阳光照耀下的香炉峰上升起紫色的云霞，远看瀑布，就像一条大河悬挂在山前。水流从高处倾泻而下，使人以为那是璀璨的银河从九重天外落了下来。

赏析

这首诗首句写香炉峰上云霞之美，为瀑布勾勒出一幅优美的背景。次句一个“挂”字，转动为静，凸显了远观瀑布的静态感。第三句通过“飞流”和“直下”两个气势磅礴的动词和“三千尺”这个夸张的数量词，把瀑布之急、之猛、之宏大，生动传神地展现在读者眼前。接着，诗人又巧借银河落地的比喻，渲染瀑布非凡的气势。诗人将开阔的胸襟和昂扬的气概寓于壮丽的自然奇景之中。

庐山瀑布

庐山在江西省九江市，瀑布是庐山的一大奇观。庐山瀑布因为李白的《望庐山瀑布》而闻名天下，除了这首诗外，还有张九龄的《湖口望庐山瀑布泉》和徐凝的《庐山瀑布》等诗，也展现了庐山瀑布的壮美。

zǐ yè wú gē xià gē

子夜吴歌[1]·夏歌

［唐］李　白

jìng hú sān bǎi lǐ，hàn dàn fā hé huā。

镜湖[2]三百里，菡萏[3]发荷花。

wǔ yuè xī shī cǎi，rén kàn ài ruò yē。

五月西施采，人看隘若耶[4]。

huí zhōu bú dài yuè，guī qù yuè wáng jiā。

回舟不待月[5]，归去越王家。

注释

❶ **子夜吴歌**：六朝乐府吴声歌曲。❷ **镜湖**：一名鉴湖，在今浙江绍兴东南。❸ **菡萏**：荷花的别称。古人称未开的荷花为“菡萏”，即花苞。❹ **若耶**：若耶溪，在今浙江绍兴境内。溪旁旧有浣纱石古迹，相传西施浣纱于此，故又名“浣纱溪”。❺ **回舟不待月**：指西施离去之速，就在回舟的时候，月亮尚未出来，就被人带走了。

译文

镜湖之大有三百余里，到处都开满了欲放的荷花。西施五月曾在此采莲，引得来观看的人挤满了若耶溪。西施回家不到一个月，便被人带到了越王的宫殿里。

赏析

这首诗以写景起端，广阔三百里的镜湖，在荷花含苞欲放的时候，西施泛舟出现了，她的美貌引起了轰动。“人看隘若耶”，这一“隘”字极为传神，将那人潮汹涌、人舟填溪满岸的热闹场面呈现在读者眼前。最后两句采用夸张的修辞手法，讲述了西施入吴一事。

吴歌

吴歌即吴声歌曲。

吴指的是现在的江浙一带，这些地方在春秋时期属于吴国。这里的一些文化被称为吴文化。吴歌是吴文化的重要组成部分，具有浓厚的地方特色。

zhōu xíng zá yǒng · qí shí

舟行杂咏·其十

［明］区（ōu）大相[1]

xià zhì nán fēng shèng

夏至南风盛，

wéi zhōu xiàng hé ào

维舟[2]向河澳[3]。

wèn jūn hé yān liú

问君何淹留[4]，

nán yuán lì zhī shú

南园荔枝熟。

注释

❶ **区大相**（1549—1616），字用孺，号海目，明代诗人，对岭南诗坛影响巨大。❷ **维舟**：系船停泊。维，系。❸ **河澳**：河边弯曲的地面。❹ **淹留**：羁留，逗留。

译文

夏至这天南风很大，我把船系好，向河边走去。要问我为什么要在这里逗留，是因为南园的荔枝熟了啊。

赏析

这首小诗语言通俗、明白如话，写的是诗人在夏至这天系舟上岸去南园寻荔枝的行动，展现了诗人此时悠闲自在的生活状态。

夏至

夏至是二十四节气中的第十个节气，古人将夏至分为三候：『一候鹿角解；二候蝉始鸣；三候半夏生。』夏至这天，白天最长，夜间最短。这个时候，天气很热，高温即将来临，常有暴雨。

zhāo jūn yuàn · yǒng hé shàng yǔ
昭君怨[1]·咏荷上雨

[宋]杨万里

wǔ mèng piān zhōu huā dǐ, xiāng mǎn xī hú yān shuǐ
午梦扁舟[2]花底，香满西湖烟水[3]。

jí yǔ dǎ péng shēng, mèng chū jīng
急雨打篷声[4]，梦初惊。

què shì chí hé tiào yǔ, sàn le zhēn zhū huán jù
却是池荷跳雨，散了真珠[5]还聚。

jù zuò shuǐ yín wō, fàn qīng bō
聚作水银窝，泛清波。

注释

❶ **昭君怨**：词牌名。❷ **扁舟**：小船。❸ **烟水**：雾霭迷蒙的水面。❹ **打篷声**：雨落船篷之声。❺ **真珠**：即珍珠。形圆如豆，乳白色，有光泽，是某些软体动物壳内所产，为珍贵的装饰品，可入药。

译文

夏日午眠，梦见荡舟西湖荷花间，满湖烟水迷茫、荷花清香扑鼻。突然下起阵雨，雨点敲击船篷，发出“扑扑”的声音，把我从梦中惊醒。原来是急雨击打池中荷叶的声音，这雨珠在荷叶里跳上跳下，忽聚忽散，散了如断线的珍珠，四处迸射，聚时像一窝水银，亮晶晶的，映照着清澈的水面。

赏析

这首词用轻松活泼的笔调写词人梦中泛舟西湖和被雨惊醒后的情景。构思巧妙，意境新颖，梦境与现实对照写来，曲折而有层次，极富变化，有很强的艺术魅力。

昭君

王昭君是中国古代四大美女之一，她是汉元帝时期宫女，被汉元帝赐给了呼韩邪单于，成为汉匈两家的和平使者。昭君出塞也成为中国历史上的一个著名故事，后人根据这个故事创作了各种诗歌、琵琶曲、戏剧、电视剧等作品。

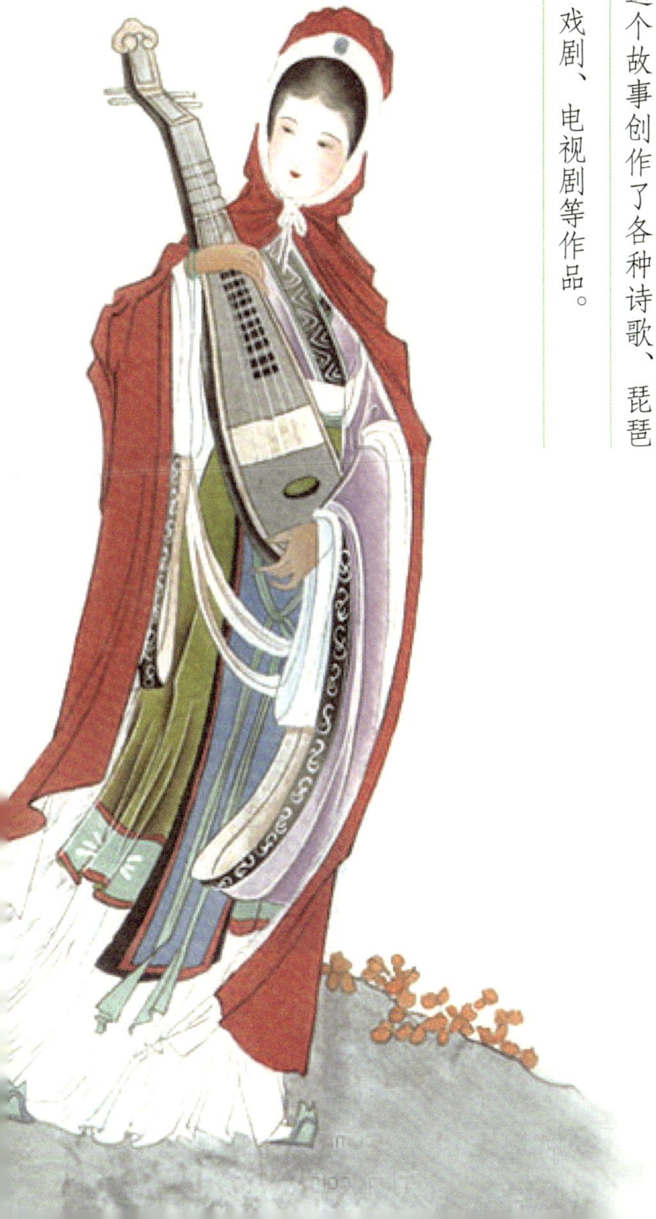

一群狂人

——魏晋名士

魏晋名士是历史上一群特殊的人物，他们率性而为、放荡不羁、个性自由而张扬。其他人把他们看作疯子，其实他们内心十分清醒又极其痛苦，以怪诞的行为来宣泄自己对现实政治环境的不满。魏晋名士以“竹林七贤”最为著名。

“竹林七贤”分别是嵇康、阮籍、山涛、向秀、刘伶、王戎和阮咸，他们经常在竹林中肆意欢宴，因而有了“竹林七贤”之称。他们各有各的特点。嵇康善古琴，临死前奏的一曲《广陵散》震撼千古。阮籍的青白眼更是彰显了他的率直，他以白眼对待礼俗之士，以青眼对待知己，现在我们常说的“白眼”和“青睐”就是出自于他的故事。山涛是他们七人中最先去做官的，他为官清廉，做官做到七十多岁，为百姓做了很多好事。向秀最著名的是对《庄子》进行注释，有“妙析奇致，大畅玄风”之誉。刘伶非常喜欢喝酒，常常坐着鹿车，带一壶酒，让人扛着锹跟着他，还说：“如果我醉死了就就地把我埋了。”王戎是一个非常聪明的人，从小才智就不是常人可比的，“王戎不取道旁李”说的就是他的故事。阮咸通晓音律，后世将始于唐代的四弦有柱、形似月琴的一种弹拨乐器，以“阮咸”命名。

除了“竹林七贤”外，魏晋时期还有很多名士，他们所展现出来的魏晋风度是中国历史上别具一格的人文图景。

诗路小憩

诗词大会

一、古诗接龙。（后一句中要包含前一句的最后一个字）

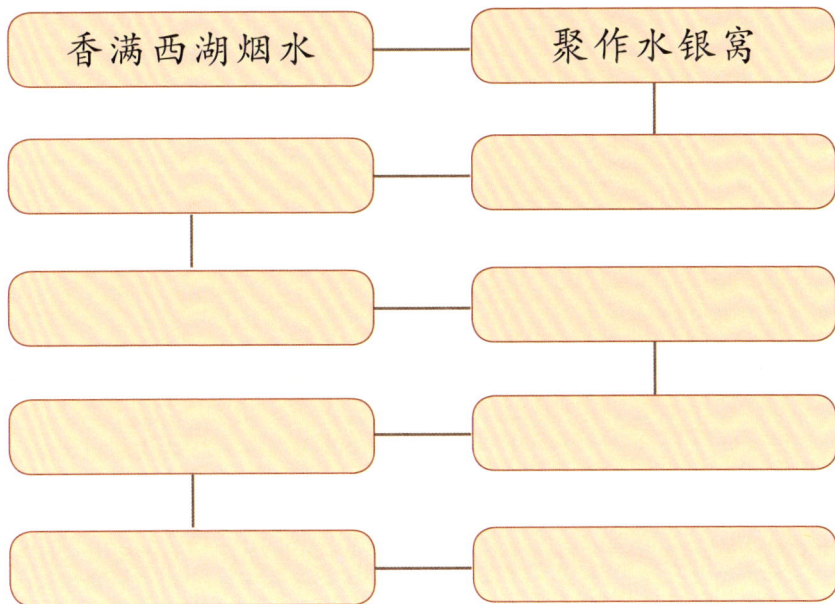

香满西湖烟水 —— 聚作水银窝

二、回答下列问题。

1.《子夜吴歌·夏歌》中写的人物是谁？

____

2.《望庐山瀑布》中的庐山在哪个省？

____

3.“午梦扁舟花底，香满西湖烟水”出自哪位文人的哪首词？

____

qū chí hé

曲池荷

［唐］卢照邻[1]

fú xiāng rào qū àn

浮香[2]绕曲岸[3]，

yuán yǐng fù huá chí

圆影[4]覆华池[5]。

cháng kǒng qiū fēng zǎo

常恐秋风早，

piāo líng jūn bù zhī

飘零[6]君不知。

注释

❶ **卢照邻**（约636—约695），字升之，号幽忧子，唐朝时期著名诗人。与王勃、杨炯、骆宾王并称为“初唐四杰”。❷ **浮香**：荷花的香气。❸ **曲岸**：曲折的堤岸。❹ **圆影**：指圆圆的荷叶。❺ **华池**：美丽的池子。❻ **飘零**：坠落，飘落。

译文

轻幽的芳香弥漫在弯曲的池岸，圆圆的花叶覆盖着美丽的水池。常常担心萧瑟的秋风来得太早，使你来不及饱赏，荷花就凋落了。

赏析

这首诗托物言志，诗的前两句写的是荷花的美好，而后两句笔锋一转，写荷花的自悼。这荷花的自悼其实是人的自悼。“常恐秋风早，飘零君不知”，是沿用屈原《离骚》“惟草木之零落兮，恐美人之迟暮”的句意，但又有所变化，含蓄地抒发了自己怀才不遇的感慨。

荷叶

荷叶是与夏季有关的诗中常见的意象，一般是用来表现夏季的美好和热烈。荷叶在古诗词中有风盖、翠盖、莲叶、荷衣、碧圆等称呼，展现了荷叶的形状和特点。

zèng huā qīng
赠花卿[1]

［唐］杜　甫[2]

jǐn chéng sī guǎn rì fēn fēn
锦城[3]丝管[4]日纷纷[5]，

bàn rù jiāng fēng bàn rù yún
半入江风半入云。

cǐ qǔ zhǐ yīng tiān shàng yǒu
此曲只应天上[6]有，

rén jiān néng dé jǐ huí wén
人间能得几回闻[7]？

注释

① **花卿**：即花敬定，唐朝武将，曾平定段子璋之乱。卿，对平辈或地位稍低的人表示亲切的一种称呼。② **杜甫**（712—770），字子美，自号少陵野老，世称杜工部、杜少陵等，唐代伟大的现实主义诗人，被世人尊为“诗圣”，其诗被称为“诗史”。③ **锦城**：也叫锦官城，即今成都。古时曾以织锦而出名，所以被称为锦城。④ **丝管**：弦乐器和管乐器的合称，这里代指音乐。⑤ **纷纷**：繁多而纷乱，此处形容乐声繁盛。⑥ **天上**：本指仙境，这里语意双关，指皇帝。⑦ **几回闻**：听到几回，意思是说人间很少听到。

译文

锦官城里每天都是乐声悠扬，一半随江风飘荡，一半直入云霄。这么美妙的乐曲只应天上有，人间能听到几回呢？

赏析

武将花敬定因平定叛乱有功，经常大宴宾客。诗的前两句写寻欢作乐的场景，后两句发表议论，诗人看似在称赞乐曲的优美，其实暗含批评花敬定过于享乐之意。

丝管

丝管是弦乐器和管乐器的合称。在古代，常见的弦乐器有二胡、琵琶、瑟、琴等，常见的管乐器有笛子、箫等。这些弦乐器和管乐器是古代器乐演奏的重要组成部分，在古诗词中也频频出现。

chánɡ é

嫦 娥[1]

［唐］李商隐

yún mǔ pínɡ fēnɡ zhú yǐnɡ shēn

云 母 屏 风[2] 烛 影 深[3]，

chánɡ hé jiàn luò xiǎo xīnɡ chén

长 河[4] 渐 落 晓 星 沉。

chánɡ é yīnɡ huǐ tōu línɡ yào

嫦 娥 应 悔 偷 灵 药，

bì hǎi qīnɡ tiān yè yè xīn

碧 海 青 天[5] 夜 夜 心[6]。

注释

❶ **嫦娥**：古代神话中的月中仙女。❷ **云母屏风**：用云母石制作的屏风。❸ **深**：暗淡。❹ **长河**：银河，天河。❺ **碧海青天**：指嫦娥的枯燥生活，只能见到碧色的海与深蓝色的天。❻ **夜夜心**：指嫦娥每晚都会感到孤单。

译文

透过装饰着云母的屏风，烛影渐渐暗淡下去。银河也在渐渐地消失，晨星沉没在黎明的曙光里。月宫的嫦娥恐怕后悔偷了后羿的长生不老药，现在只有那青天碧海夜夜陪伴着她一颗孤独的心。

赏析

这首诗题为“嫦娥”，实际上抒写的是处境孤寂的诗人对环境的感受和内心独白。前两句描绘了诗人所处的环境和迟迟不能入睡的情景，后两句则由明月联想到嫦娥。在孤寂的诗人眼里，这独自住在广寒宫殿、寂寞孤单的嫦娥，处境正和自己相似。

屏风

屏风是中国的一种传统家具，用来挡风或隔断视线。屏风有木制的，也有纸糊的，上面一般都绘有一些图案以增加美观性。文人对屏风这种家具情有独钟，因而相对于其他家具而言，它更常出现在古诗词中。

xiǎo chū jìng cí sì sòng lín zǐ fāng

晓出净慈寺送林子方[1]

［宋］杨万里

bì jìng xī hú liù yuè zhōng
毕竟[2]西湖六月中，

fēng guāng bù yǔ sì shí tóng
风光不与四时[3]同。

jiē tiān lián yè wú qióng bì
接天[4]莲叶无穷碧[5]，

yìng rì hé huā bié yàng hóng
映日荷花别样[6]红。

注释

❶ **晓出净慈寺送林子方**：早晨走出净慈寺送林子方。晓，早晨。净慈寺，杭州西湖南的一座寺庙，又名慈恩寺。林子方，作者的一位朋友。❷ **毕竟**：到底，终究。❸ **四时**：四季。在这里指六月以外的其他时节。❹ **接天**：与天相连接。❺ **碧**：青绿色。❻ **别样**：不一样的，特别的。

译文

到底是六月的西湖，风景跟其他时节大不相同。一眼望不到头的碧绿的荷叶，仿佛与天相连，朝阳映照下的荷花，更是特别娇艳鲜红。

赏析

这首诗开篇两句就能看出诗人对六月西湖的赞叹，然后，诗人用强烈的色彩对比，描绘出一幅大红大绿的画面。一“碧”一“红”，突出了莲叶和荷花给人带来的强烈视觉冲击；“接天”和“无穷碧”给人以气象宏大之感，“日”与“荷花”相映衬，又使得画面无比绚烂生动。

西湖

西湖位于浙江杭州，因其秀美的风景历来为古代文人所喜爱。杨万里的这首诗和苏轼的『欲把西湖比西子，淡妆浓抹总相宜』是描写西湖美景的诗词中的佼佼者，让无数后人对西湖充满向往。

tiáo tiáo qiān niú xīng
迢迢[1]牵牛星

《古诗十九首》[2]

tiáo tiáo qiān niú xīng, jiǎo jiǎo hé hàn nǚ.
迢迢牵牛星，皎皎河汉女[3]。

xiān xiān zhuó sù shǒu, zhá zhá nòng jī zhù.
纤纤擢[4]素手，札札[5]弄机杼。

zhōng rì bù chéng zhāng, qì tì líng rú yǔ.
终日不成章[6]，泣涕零如雨。

hé hàn qīng qiě qiǎn, xiāng qù fù jǐ xǔ.
河汉清且浅，相去复几许。

yíng yíng yì shuǐ jiàn, mò mò bù dé yǔ.
盈盈一水间，脉脉不得语。

注释

❶ **迢迢**：遥远。❷ **《古诗十九首》**：中国古代文人五言诗选辑，由南朝萧统从传世的无名氏古诗中选录十九首编入《文选》而成。❸ **河汉女**：指织女星。河汉，即银河。❹ **擢**：伸出，抽出。❺ **札札**：织机发出的响声。❻ **章**：有花纹的纺织品，这里指整幅的布帛。

译文

看遥远的牵牛星，皎洁的织女星，织女正摆动柔长洁白的双手，织布机札札响个不停。因为相思，整天也织不出什么花样，她哭泣的泪水零落如雨。银河清清浅浅，距离也没有多远。相隔在清澈的银河两边，他们含情脉脉地相视无言。

赏析

这首诗感情浓郁，真切动人。诗歌借神话传说中牛郎、织女被银河阻隔而不得会面的悲剧，抒发了离别的相思之情，写出了夫妻不得团聚的忧伤。

河汉

河汉是古人对银河的另一个称呼，古人还把它称为天河、银汉、星河、星汉、云汉等。在我国的文化中，银河占有重要的地位，人们对夜空中的这条光带充满了各种想象，因而留下了很多故事。

诗词与乐器

音乐和诗词向来就是密不可分的，我国古代第一部诗歌总集《诗经》中的诗，就可以和乐歌唱。也正因为如此，古代的文人们很钟爱音乐和各种乐器，含有各种乐器的诗词也比比皆是。

白居易的《琵琶行》可以说是写琵琶的巅峰之作，其中“大弦嘈嘈如急雨，小弦切切如私语。嘈嘈切切错杂弹，大珠小珠落玉盘。间关莺语花底滑，幽咽泉流冰下难。冰泉冷涩弦凝绝，凝绝不通声暂歇。别有幽愁暗恨生，此时无声胜有声。银瓶乍破水浆迸，铁骑突出刀枪鸣。曲终收拨当心画，四弦一声如裂帛”几句用了一系列生动的比喻，使比较抽象的音乐形象一下子变成了视觉形象，将琵琶的声音描述得如在眼前，如在耳畔。

李贺的《李凭箜篌引》中“昆山玉碎凤凰叫，芙蓉泣露香兰笑。十二门前融冷光，二十三丝动紫皇。女娲炼石补天处，石破天惊逗秋雨。梦入神山教神妪，老鱼跳波瘦蛟舞。吴质不眠倚桂树，露脚斜飞湿寒兔”几句凭借丰富、大胆、超奇的想象，让李凭弹奏箜篌的乐声可见可感，非常难得。

除了这种对乐器声音进行描写的诗词，还有很多用乐器来表达内心的感情的诗词。李益的《夜上受降城闻笛》中，“不知何处吹芦管，一夜征人尽望乡”的芦管，勾起了“征人”的思乡之情。李商隐的《锦瑟》中，“锦瑟无端五十弦，一弦一柱思华年”，锦瑟的一弦一柱都唤起了他对逝水流年的追忆。雷震的《村晚》中，“牧童归去横牛背，短笛无腔信口吹”，一支小小的牧童的短笛却勾勒出了一幅饶有情趣的农村晚景图。

像这样关于乐器的古诗词还有很多，大家可以自己再搜寻一些，细细品味。

诗路小憩

诗词大会

一、写出几句关于送别的古诗词。

1. ______________，______________。

2. ______________，______________。

3. ______________，______________。

4. ______________，______________。

5. ______________，______________。

二、“诗是无形画”，试着画出下面的诗句所展现的画面。

接天莲叶无穷碧，
映日荷花别样红。

池上（chí shàng）

［唐］白居易[1]

xiǎo wá chēng xiǎo tǐng
小娃[2]撑小艇[3]，

tōu cǎi bái lián huí
偷采白莲回。

bù jiě cáng zōng jì
不解[4]藏踪迹[5]，

fú píng yí dào kāi
浮萍[6]一道开。

注释

❶ **白居易**（772—846），字乐天，号香山居士，唐朝著名诗人。与元稹共同倡导新乐府运动，世称“元白”，与刘禹锡并称“刘白”。❷ **小娃**：小孩子。❸ **小艇**：小船。❹ **不解**：不懂得，不知道。❺ **踪迹**：行动所留下的痕迹。❻ **浮萍**：一种水生植物，成片地浮在水面上，叶子小而扁平。

译文

一个小孩子撑着小船，偷偷地去荷塘里采回了许多白莲。他还不懂得隐藏自己的踪迹，船儿划过长满浮萍的水面，留下了一道波痕。

赏析

这首诗描写了一个小孩偷采白莲的情景。全诗通俗易懂，充满童趣，具有浓郁的生活气息，读起来朗朗上口，因而深受人们的喜爱。

浮萍

浮萍是一种生长在水里的植物，因浮在水面会随风飘荡，常被文人用来比喻飘摇无依、无法自我掌控的人生。冯元兴曾写《浮萍诗》：“有草生碧池，无根绿水上。脆弱恶风波，危微苦惊浪。”全面细致地描写了浮萍的生存状态，同时也表达了对自己命运的哀叹。

cǎi lián qǔ

采莲曲

［唐］王昌龄[1]

hé yè luó qún yí sè cái
荷叶罗裙[2]一色裁[3]，

fú róng xiàng liǎn liǎng biān kāi
芙蓉[4]向脸两边开。

luàn rù chí zhōng kàn bú jiàn
乱入[5]池中看不见，

wén gē shǐ jué yǒu rén lái
闻歌始觉[6]有人来。

注释

❶ **王昌龄**（约 698—约 757），字少伯，盛唐著名边塞诗人，后人誉为“七绝圣手”。❷ **罗裙**：用细软而有疏孔的丝织品制成的裙子。❸ **一色裁**：像是用同一颜色的衣料剪裁成的。❹ **芙蓉**：指荷花。❺ **乱入**：杂入，混入。❻ **始觉**：才知道。

译文

采莲少女的罗裙绿得跟荷叶一样，她的脸庞掩映在盛开的荷花之间。少女混入莲池中不见了踪影，听到歌声才觉察到有人来采莲。

赏析

这首诗写的是采莲少女，但诗中并不正面描写，而是巧妙地将采莲少女的美丽与大自然融为一体。全诗生动活泼，富有诗情画意，让读者仿佛看到采莲少女正在采莲的场景。

罗裙

罗裙指的是用丝罗制成的裙子，在古诗词中一般泛指女孩的衣裙。裙子既是女子极为钟爱的服饰，也是最能衬托出女性之美的服饰之一。

jiāng nán
江南

汉乐府[1]

jiāng nán kě cǎi lián， lián yè hé tián tián。
江南可[2]采莲，莲叶何[3]田田[4]。

yú xì lián yè jiān。 yú xì lián yè dōng，
鱼戏[5]莲叶间。鱼戏莲叶东，

yú xì lián yè xī， yú xì lián yè nán，
鱼戏莲叶西，鱼戏莲叶南，

yú xì lián yè běi。
鱼戏莲叶北。

注释

❶ **汉乐府**：乐府原是汉朝时负责采集民歌、制作音乐的官方机构。这些采集而来的歌谣和其他经乐府配曲入乐的诗歌，后来被称为“乐府诗”，简称为“乐府”。❷ **可**：适宜，正好。❸ **何**：多么。❹ **田田**：莲叶茂盛挺拔的样子。❺ **戏**：嬉戏。这里指鱼在莲叶间游来游去。

译文

江南又到了可以采莲的时节了，荷叶是多么茂盛挺拔啊！鱼儿们在荷叶间自由自在地嬉戏。一会儿游到东面，一会儿游到西面，一会儿游到南面，一会儿又游到了北面。

赏析

这是一首采莲歌，反映了采莲时节的劳动情景和采莲者的快乐心情。语言简洁明快，意境恬淡优美。

采莲

盛夏时节，在江南水乡常见到这样的画面：碧清如镜的湖面上，到处都是青绿的莲蓬、亭亭玉立的荷花和碧圆如盖的荷叶，人们划着小舟在莲叶中穿行采莲。这样的画面既热闹又美好，因而常常出现在文人的诗词中。

qīng píng yuè cūn jū

清平乐[1]·村居

［宋］辛弃疾[2]

máo yán dī xiǎo xī shàng qīng qīng cǎo

茅檐[3]低小，溪上青青草。

zuì lǐ wú yīn xiāng mèi hǎo bái fà shuí jiā wēng ǎo

醉里吴音[4]相媚好[5]，白发谁家翁媪[6]？

dà ér chú dòu xī dōng zhōng ér zhèng zhī jī lóng

大儿锄豆[7]溪东，中儿正织[8]鸡笼。

zuì xǐ xiǎo ér wú lài xī tóu wò bāo lián peng

最喜小儿亡赖[9]，溪头卧剥莲蓬。

注释

❶ **清平乐**：词牌名。❷ **辛弃疾**（1140—1207），字幼安，号稼轩，南宋豪放派词人，与苏轼并称“苏辛”。❸ **茅檐**：茅屋的屋檐。❹ **吴音**：吴地的方言。这首词是辛弃疾闲居江西饶州时所写，饶州在古代属于吴地，所以称当地的方言为吴音。❺ **相媚好**：指相互逗趣，取乐。❻ **翁媪**：老翁、老妇。❼ **锄豆**：锄掉豆田里的草。❽ **织**：编织，指用竹篾编织器物。❾ **亡赖**：同“无赖”，“亡”读 wú，这里指顽皮、淘气。

译文

草屋的茅檐又低又小，溪边长满了碧绿的小草。人们用含有醉意的吴地方言相互逗趣，哈哈大笑，那满头白发的老人是谁家的呀？大儿子在溪东边的豆田锄草，二儿子正忙于编织鸡笼。最令人喜爱的是淘气的小儿子，他正卧在溪头草丛中，剥着刚摘下的莲蓬。

赏析

这首词描绘了农村一户人家的生活面貌，借此表现人情之美和生活之趣。从词中可以看出作者对农村和平宁静生活的喜爱。

村居

村居即住在农村的意思，很多诗人都有住在农村的经历，也写下了很多关于闲适安逸的农村生活的诗词。这些诗词很多都以“村居”作为名字，比较著名的有辛弃疾的《清平乐·村居》、高鼎的《村居》等。

yǒng niàn sì qì shī · xiǎo shǔ liù yuè jié

咏廿四气诗·小暑六月节

［唐］元　稹[1]

shū hū wēn fēng zhì， yīn xún xiǎo shǔ lái。
倏忽[2]温风至，因循小暑来。
zhú xuān xiān jué yǔ， shān àn yǐ wén léi。
竹喧先觉雨，山暗已闻雷。
hù yǒu shēn qīng ǎi， jiē tíng zhǎng lǜ tái。
户牖[3]深青霭[4]，阶庭长绿苔。
yīng zhān xīn xí xué， xī shuài mò xiāng cuī。
鹰鹯新习学，蟋蟀莫相催。

注释

❶ **元稹**（779—831），字微之，唐朝诗人。❷ **倏忽**：顷刻，极短的时间。❸ **户牖**：门和窗。❹ **青霭**：云气。

译文

突然暖暖的热风到了，原来是循着小暑的节气而来。竹子的喧哗声表明大雨即将来临，山色灰暗仿佛已经听到了隆隆的雷声。正因为炎热季节的一场场雨，才有了门户上潮湿的青霭和院落里蔓生的绿苔。鹰和鹯开始学飞翔，蟋蟀都躲到墙壁里避暑了。

赏析

这首节气诗完整地描述了小暑三候——一候温风至，二候蟋蟀居宇，三候鹰始鸷。其中“竹喧先觉雨，山暗已闻雷”一句将小暑时节的天气也很好地展现了出来。

小暑

小暑是农历二十四节气中的第十一个节气，夏季的第五个节气。『暑』表示炎热的意思，『小』，说明还不十分热。指天气开始炎热，但还没到最热的时候。关于小暑的农谚有『小暑小禾黄』『小暑不栽薯，栽薯白受苦』等。

花之君子
——关于莲的诗

采莲曲

［唐］李白

若耶溪傍采莲女，笑隔荷花共人语。
日照新妆水底明，风飘香袂空中举。
岸上谁家游冶郎，三三五五映垂杨。
紫骝嘶入落花去，见此踟蹰空断肠。

赠荷花

［唐］李商隐

世间花叶不相伦，花入金盆叶作尘。
惟有绿荷红菡萏，卷舒开合任天真。
此花此叶常相映，翠减红衰愁杀人。

莲　叶

［唐］郑谷

移舟水溅差差绿，倚槛风摆柄柄香。
多谢浣纱人未折，雨中留得盖鸳鸯。

莲　花

［唐］温庭筠

绿塘摇滟接星津，轧轧兰桡(ráo)入白蘋(pín)。
应为洛神波上袜，至今莲蕊有香尘。

咏新荷应诏

［南北朝］沈约

勿言草卉贱，幸宅天池中。
微根才出浪，短干未摇风。
宁知寸心里，蓄紫复含红！

诗路小憩

诗词大会

一、将下列内容补充完整。

1. ________________，偷采白莲回。

2. ________________，莲叶何田田。

3. 荷叶罗裙一色裁，________________。

4. 最喜小儿亡赖，________________。

5. ________________，山暗已闻雷。

二、写出几首含动物的古诗词，写得越多越好。

____

____

____

____

____

____

____

____

____

chán
蝉

［唐］虞世南[1]

chuí ruí yǐn qīng lù
垂 绥[2]饮 清 露[3]，

liú xiǎng chū shū tóng
流 响[4]出 疏[5]桐 。

jū gāo shēng zì yuǎn
居 高 声 自 远 ，

fēi shì jiè qiū fēng
非 是 藉[6]秋 风 。

注释

❶**虞世南**（558—638），字伯施。他善书法，与欧阳询、褚遂良、薛稷合称书法“初唐四大家”。❷**垂绥**：古人结在颌下的帽缨下垂部分，蝉的头部伸出的触须，形状与其有些相似。❸**清露**：纯净的露水。古人以为蝉是喝露水生活的，其实它是靠吸食植物的汁液为生的。❹**流响**：指连续不断的蝉鸣声。❺**疏**：开阔，稀疏。❻**藉**：凭借。

译文

蝉垂下像帽缨一样的触角吸吮着清澈甘甜的露水，声音从挺拔疏朗的梧桐树枝间传出。蝉声远传是因为蝉处在高树上，而不是依靠秋风。

赏析

这首托物寓意的小诗，是唐人咏蝉诗中最早的一首。诗人以蝉自比，表明自己立身高洁，不需凭借任何人，自会扬名。诗中表达了诗人对自己内在品格的热情赞美，表现了一种从容不迫的风度。

蝉

蝉又叫『知了』，是诗词中常见的意象。蝉常用来表现高洁的品性，渲染悲凉的气氛，体现林间乡下的野趣。蝉本无心，诗人有意。『蝉』能成为众多文人笔下一『物』，也算是此生无憾了。

所见

suǒ jiàn

［清］袁 枚[1]

mù tóng qí huáng niú
牧童[2]骑黄牛，

gē shēng zhèn lín yuè
歌声振[3]林樾[4]。

yì yù bǔ míng chán
意欲捕鸣蝉[5]，

hū rán bì kǒu lì
忽然闭口[6]立。

注释

❶ **袁枚**（1716—1797），字子才，号简斋，晚年自号仓山居士、随园主人、随园老人，清代诗人、散文家，他是乾嘉时期代表诗人之一，与赵翼、蒋士铨合称“乾嘉三大家”。❷ **牧童**：指放牛的孩子。❸ **振**：回荡。❹ **林樾**：道旁成荫的树。❺ **鸣蝉**：正在鸣叫的蝉。❻ **闭口**：闭住嘴巴不说话。

译文

牧童悠闲地骑在黄牛背上唱歌，嘹亮的歌声在树林里回荡。他大概是想要捕捉树上正在鸣叫的知了，忽然闭上嘴巴，停止唱歌，站立在树下。

赏析

这首小诗写的是夏日里一个牧童捕蝉的场面，把牧童的神情刻画得惟妙惟肖、生动逼真。前两句是一幅牧童骑牛唱歌的画面，体现出农村儿童怡然自得的生活。后两句中的“意欲”描写牧童的心理活动，反映出天真烂漫而又充满好奇的儿童心理。

牧童

牧童在诗词中的形象大多是骑着黄牛、吹着竹笛，十分悠然自得。这样的形象其实就是诗人们追忆美好童年、渴望悠闲自在生活的一种寄托。

guān shū yǒu gǎn

观书有感

［宋］朱　熹[1]

bàn mǔ fāng táng yí jiàn kāi

半亩方塘[2]一鉴[3]开，

tiān guāng yún yǐng gòng pái huái

天光云影共徘徊[4]。

wèn qú nǎ dé qīng rú xǔ

问渠[5]那得清如许[6]？

wèi yǒu yuán tóu huó shuǐ lái

为有源头活水来。

注释

❶ **朱熹**（1130—1200），字元晦（huì），南宋著名理学家、思想家、教育家、诗人。他的诗能于朴实中透出深刻的哲理。❷ **方塘**：又称半亩塘，在福建尤溪南郑义斋馆舍（后为南溪书院）内。❸ **鉴**：古时的镜子。❹ **天光云影共徘徊**：天的光和云的影子倒映在塘水之中，不停地变动，犹如人在徘徊。❺ **渠**：这里指方塘之水。❻ **那得清如许**：怎么会这样清澈。那，怎么。如许，如此。

译文

半亩大的方形池塘像一面镜子一样展现在眼前，清澈明净；天空的光彩和浮云的影子倒映在水塘中，不停地晃动着。要问这方塘的水为何会如此清澈呢？是因为有那永不枯竭的源头为它源源不断地输送着活水。

赏析

全诗以方塘做比喻，形象地表达了一种读书感受。诗中借水之清澈是因为有源头活水不断注入，暗喻人要心灵澄澈，就要认真读书，时时补充新知识。

亩

亩是中国从古代沿用至今的土地面积单位，十五亩等于一公顷。“亩”字来源于中国夏、商、周井田制度所采用的井田的模型。《诗经》中就出现了“亩”字，如：“我疆我理，南东其亩。”“艺麻如之何？衡从某亩。”

zhōu guò ān rén

舟过安仁[1]

［宋］杨万里

yí yè yú chuán liǎng xiǎo tóng

一叶渔船两小童，

shōu gāo tíng zhào zuò chuán zhōng

收篙[2]停棹[3]坐船中。

guài shēng wú yǔ dōu zhāng sǎn

怪生[4]无雨都张伞，

bú shì zhē tóu shì shǐ fēng

不是遮头是使风[5]。

注释

❶ **安仁**：县名，在湖南省东南部，宋朝时开始设县。❷ **篙**：撑船用的竹竿或木杆。❸ **棹**：船桨。❹ **怪生**：怪不得。❺ **使风**：利用风，役使风。

译文

一艘渔船上有两个小孩子，他们收起了竹竿，停下了船桨，坐在船中。怪不得没下雨他们也张开了伞，原来他们不是为了遮雨，而是想用伞当帆，让船前进啊。

赏析

这首诗写的是诗人乘船路过安仁时所见到的情景。诗的语言浅白如话，写出了两个无忧无虑的小童充满童稚的行为。诗人对诗中小童的喜爱之情溢于言表，对他们在玩耍中透出的聪明伶俐赞赏有加。

一叶

『一叶』在诗词中常用来形容船小，就像一片叶子，如李商隐《无题》中有『万里风波一叶舟，忆归初罢更夷犹』。李煜《渔父》中有『一棹春风一叶舟，一纶茧缕一轻钩』。

mù tóng

牧童

［唐］吕　岩[1]

cǎo pū héng yě liù qī lǐ
草铺横野[2]六七里，

dí nòng wǎn fēng sān sì shēng
笛弄[3]晚风三四声。

guī lái bǎo fàn huáng hūn hòu
归来饱饭黄昏后，

bù tuō suō yī wò yuè míng
不脱蓑衣[4]卧月明。

注释

❶ **吕岩**（798—？），字洞宾，即吕洞宾，唐末五代初著名道士。吕岩所作的诗流传下来很多，《全唐诗》中收录了四卷。❷ **横野**：宽阔的原野。❸ **弄**：逗弄。❹ **蓑衣**：棕或草编的外衣，用来遮风挡雨。

译文

广阔的原野上绿草如茵，一望无垠。笛声在晚风中断断续续地传来，悠扬悦耳。牧童在吃饱晚饭后的黄昏时分放牧归来，他连蓑衣都没脱，就躺在草地上看天空中的明月。

赏析

这首诗向人们展示了一幅鲜活的牧童晚归休憩图，牧童生活的恬静与闲适跃然纸上。从中也可以看出作者对远离喧嚣、安然自乐的生活状态的向往。

蓑衣

蓑衣是古人用蓑草编织成的一种雨具，是古人尤其是古代农人在雨天出行、劳作的常见用品。在诗词中，蓑衣通常和小童、老人、垂钓者等联系在一起，展现出当时的田园生活。

哲理诗

哲理诗是我国文学宝库中一颗光彩夺目的明珠，它以质朴的叙述、生动的描写、精彩的议论、鲜明的形象，通过比喻或象征等手法，揭示某种人生感悟、社会哲理，促人联想、启人心扉。故而哲理诗得以流传千古。

苏轼的《题西林壁》："横看成岭侧成峰，远近高低各不同。不识庐山真面目，只缘身在此山中。"这首诗描写庐山变化万千的面貌，并借景说理，指出观察问题应客观全面，如果主观片面，就得不出正确的结论。

卢梅坡的《雪梅》："梅雪争春未肯降，骚人搁笔费评章。梅须逊雪三分白，雪却输梅一段香。"这首诗借雪梅争春，告诫我们人各有所长，也各有所短，要有自知之明。取人之长，补己之短，才是正理。这首诗既有情趣，也有理趣，值得咏思。

王安石的《登飞来峰》："飞来山上千寻塔，闻说鸡鸣见日升。不畏浮云遮望眼，只缘身在最高层。"这首诗与一般的登高诗不同。王安石没有过多地写眼前之景，只写了塔高，重点是写自己登临高处的感受：掌握了正确的观点和方法，认识达到了一定的高度，就能透过现象看到本质，就不会被事物的假象迷惑。

除了这些诗之外，还有王之涣的《登鹳雀楼》、陶渊明的《饮酒》、陆游的《冬夜读书示子聿》、杜甫的《望岳》等诗歌，都含有一定的哲理。

诗路小憩

诗词大会

一、从下面的十六宫格中各识别出一句古诗词。

天	云	那	源
活	问	光	清
渠	徘	为	头
许	徊	如	得

草	有	来	野
七	弄	水	铺
笛	横	影	里
共	声	六	风

二、古诗接龙。（后一句中要包含前一句的最后一个字）

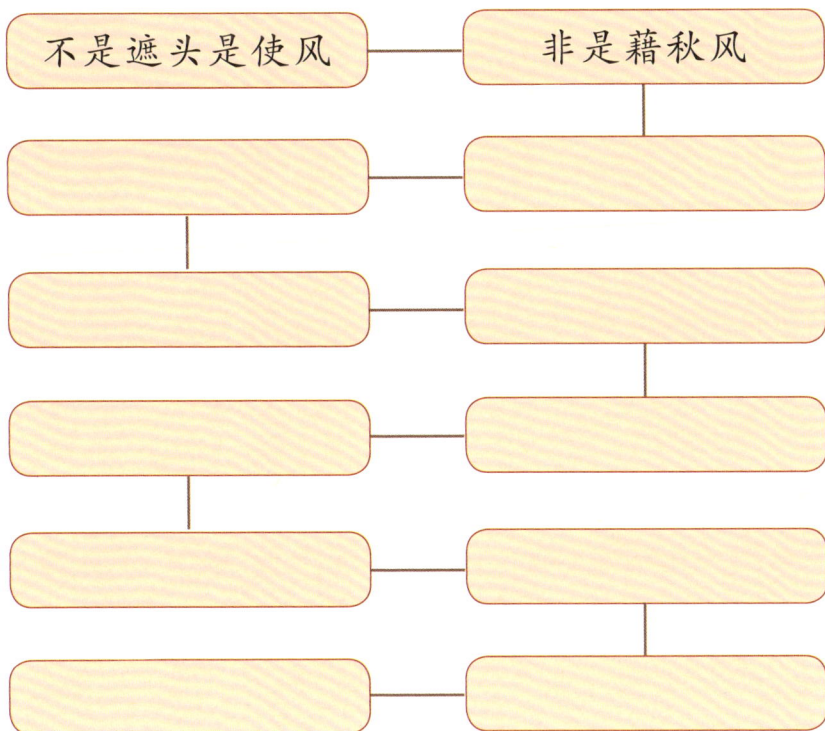

不是遮头是使风 —— 非是藉秋风

夏日山中
xià rì shān zhōng

［唐］李　白

lǎn yáo bái yǔ shàn
懒摇白羽扇，

luǒ tǎn qīng lín zhōng
裸袒❶青林❷中。

tuō jīn guà shí bì
脱巾❸挂石壁，

lù dǐng sǎ sōng fēng
露顶❹洒松风❺。

注释

❶ **裸袒**：指诗人在青林里脱去头巾，不拘礼法的形态。❷ **青林**：指山中树木苍翠、遮天蔽日。❸ **脱巾**：摘下帽子。❹ **露顶**：露出头顶。❺ **松风**：松树间吹过的凉风。

译文

懒得摇动白羽扇来祛暑，裸着身子待在青翠的树林中。脱下头巾挂在石壁上，任由松树间的凉风吹过头顶。

赏析

全诗写出了作者在山林中无拘无束、旷达潇洒、不为礼法所束缚的形象。诗中通过对诗人自身状态的描写，来突出夏天的炎热。同时借夏天炎热的环境，表达诗人无拘无束，在山林间豪放自如的状态。

羽扇

羽扇一般是用孔雀、鹤、雕、鹅、雉等鸟禽的羽毛编织成的扇面，它不仅为纳凉、装饰、舞蹈所用，也是中国古代宫廷礼仪的陈列品之一。

xià yè tàn

夏夜叹（节选）

［唐］杜　甫

yǒng rì bù kě mù，yán zhēng dú wǒ cháng。
永日[1]不可暮[2]，炎蒸毒我肠[3]。

ān dé wàn lǐ fēng，piāo yáo chuī wǒ cháng。
安得万里风，飘飖吹我裳。

hào tiān chū huá yuè，mào lín yán shū guāng。
昊天[4]出华月[5]，茂林延[6]疏光。

zhòng xià kǔ yè duǎn，kāi xuān nà wēi liáng。
仲夏[7]苦夜短，开轩[8]纳微凉。

注释

❶ **永日**：夏日昼长，故称。❷ **不可暮**：言似乎盼不到日落。❸ **毒我肠**：热得我心中焦躁不安。我，一作“中”。❹ **昊天**：夏天。❺ **华月**：明月。❻ **延**：招来。❼ **仲夏**：夏季的第二个月，即农历五月。❽ **轩**：窗。

译文

漫长的白昼难以日暮，暑热熏蒸得我心如汤煮。如何才能唤来万里长风，飘飘然吹起我的衣裳？天空升起皎洁的月亮，茂林上映着稀疏的月光。仲夏之夜苦于太短，打开窗子享受一下微凉。

赏析

此处节选的是长诗《夏夜叹》的前八句。节选部分的前四句是对酷暑的描述和对清凉的期盼。后四句是对夏夜月光明亮，洒在茂密的树林间的景象的描写，以及诗人的感叹。这一部分将夏日的炎热和夏夜的景象表现了出来，展现了诗人的生活状态。

仲夏

仲夏是夏季的第二个月，即农历五月。夏季按时间先后顺序分孟夏、仲夏、季夏三个阶段。

tiān jìng shā xià

天净沙[1]·夏

［元］白 朴

yún shōu yǔ guò bō tiān
云收雨过波添，

lóu gāo shuǐ lěng guā tián
楼高水冷瓜甜，

lǜ shù yīn chuí huà yán
绿树阴垂画檐[2]。

shā chú téng diàn yù rén luó shàn qīng jiān
纱厨[3]藤簟，玉人罗扇轻缣[4]。

注释

❶**天净沙**：曲牌名。❷**画檐**：有画饰的屋檐。❸**纱厨**：用纱做成的帐子。❹**缣**：细的丝绢。

译文

云收雨停，雨过天晴，水面增高并增添了波澜，远处高楼显得比平时更高了，水让人感觉到比平时更凉爽了，雨后的瓜也似乎显得比平时更甜了，绿树的树荫一直遮到画檐。纱帐中的藤席上，有一个妙龄女孩，身着轻绢夏衣，手执罗扇，静静地享受着宜人的夏日时光。

赏析

作者选取了一个别致的角度：用写生手法，勾画出一幅宁静的夏日图。作品中没有人们熟悉的夏天燥热、喧闹的特征，却描绘了一个静谧、清爽的情景，使人读来神清气爽。

轻缣

缣是古代衣料的一种，指的是细密的丝绢。轻缣是轻薄的细绢，一般用来制作夏衣，因而常用来指代夏衣。

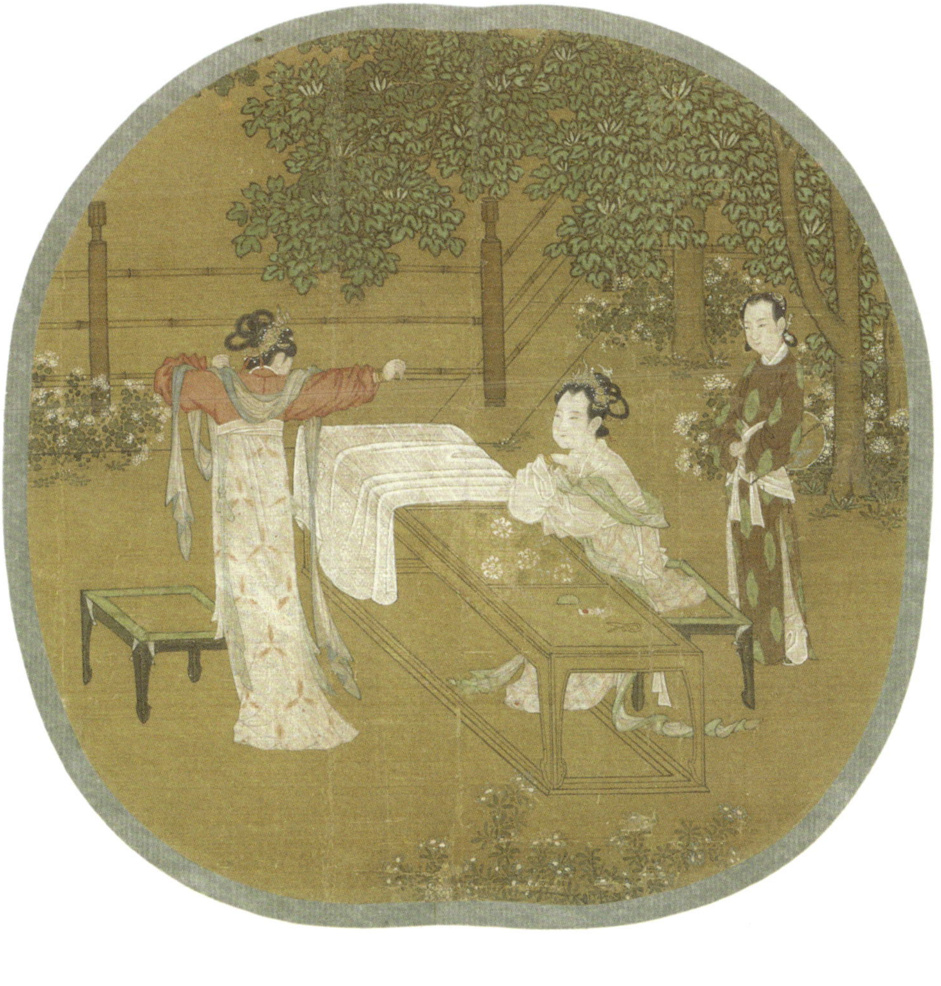

xī jiāng yuè yè xíng huáng shā dào zhōng

西江月[1]·夜行黄沙[2]道中

［宋］辛弃疾

míng yuè bié zhī jīng què qīng fēng bàn yè míng chán

明月别枝[3]惊鹊，清风半夜鸣蝉[4]。

dào huā xiāng lǐ shuō fēng nián tīng qǔ wā shēng yí piàn

稻花香里说丰年，听取蛙声一片。

qī bā gè xīng tiān wài liǎng sān diǎn yǔ shān qián

七八个星天外，两三点雨山前。

jiù shí máo diàn shè lín biān lù zhuǎn xī qiáo hū xiàn

旧时[5]茅店[6]社林[7]边，路转溪桥忽见[8]。

注释

❶ **西江月**：词牌名。❷ **黄沙**：黄沙岭，在今江西省上饶市的西面。❸ **别枝**：横斜突兀的树枝。❹ **鸣蝉**：蝉叫声。❺ **旧时**：往日。❻ **茅店**：用茅草盖的小客舍。❼ **社林**：土地庙附近的树林。❽ **见**：同“现”。

译文

天边的明月升上了树梢，惊飞了栖息在枝头的喜鹊，清凉的晚风中传来了远处的蝉叫声。在稻花的香气里，人们谈论着丰收的年景，耳边传来一阵阵青蛙的叫声。天空中有闪烁的星星时隐时现，山前下起了淅淅沥沥的小雨。从前那熟悉的茅店小屋依然坐落在土地庙附近的树林中，山路一转，曾经那记忆深刻的溪流小桥突然出现在眼前。

赏析

这是一首描写田园风光的词。全词从视觉、嗅觉和听觉三个方面描写优美的夏夜山村风光，情景交融，有天然去雕饰之感。词中流露出词人对农村生活的热爱。

喜鹊

喜鹊在中国是吉祥的象征，自古就有画鹊兆喜的风俗，喜鹊站在梅花枝头，寓意『喜上眉梢』，这是中国画里常见的题材。喜鹊也常常是诗人笔下描写的对象。如冯延巳的『终日望君君不至，举头闻鹊喜』，乾隆皇帝的『喜鹊声喈喈，俗云报喜鸣』等。

pú sà mán xià jǐng huí wén

菩萨蛮[1]·夏景回文[2]

［宋］苏　轼

huǒ yún níng hàn huī zhū kē　kē zhū huī hàn níng yún huǒ

火云凝汗挥珠颗，颗珠挥汗凝云火。

qióng nuǎn bì shā qīng　qīng shā bì nuǎn qióng

琼[3]暖碧纱轻，轻纱碧暖琼。

yùn sāi xián zhěn yìn　yìn zhěn xián sāi yùn

晕腮嫌[4]枕印，印枕嫌[5]腮晕[6]。

xián zhào wǎn zhuāng cán　cán zhuāng wǎn zhào xián

闲[7]照晚妆残[8]，残妆晚照[9]闲。

注释

①**菩萨蛮**：词牌名。②**回文**：诗词的一种形式，因回环往复均能成诵而得名。③**琼**：透明的玉石，代指少妇的肌体。④**嫌**：怕。⑤**嫌**：讨厌。⑥**晕**：代指胭脂。⑦**闲**：空闲。⑧**残**：卸退。⑨**晚照**：夕阳。

译文

火云夏热凝聚着的汗水散成珠粒，颗粒珠子般的挥汗凝聚成火云。玉石般的身上，天暖得只穿碧色的轻纱。轻薄、碧色的衣衫，裹着如玉般的肌体。脸颊上泛出的红晕，怕是被枕头印出来的。印在枕头上的是讨厌的脸上的胭脂。空闲时，对照镜子，一看晚妆残散了。卸了妆，对着夕阳，也觉得轻闲无聊。

赏析

上阕，以比拟的手法，写少妇挥汗如珠、轻纱裹体的夏日容貌。诸多形象巧妙组合，造成了一种宛如仙女飘逸、分外妖娆的意境美。下阕，采用渲染手法，进一步描绘了少妇另外两种美：午睡美和晚妆美，即突出了少妇午睡之后和晚照卸妆的体态美。

回文

把相同的词汇或句子，在下文中调换位置或颠倒过来，形成首尾回环的结构，叫作回文，也叫回环。回文体裁有回文诗、回文对联等，前后读来流畅，意思却不尽相同。

大暑

诗词天地

大暑是农历二十四节气中的第十二个节气，古人将大暑分为三候：“一候腐草为萤，二候土润溽暑，三候大雨时行。”这个时候，萤火虫出现了，天气更加闷热，土地非常潮湿，常有雷雨出现。在这个节气，古代有很多民俗。

送“大暑船”

大暑时送“大暑船”的活动在浙江台州沿海一带已有几百年的历史。“大暑船”是按照旧时的三桅帆船缩小比例后制造的，船里面载着各种祭品。活动开始后，渔民们轮流抬着“大暑船”在街道上行进，鼓号喧天，鞭炮齐鸣，街道两旁站满了祈福的人。“大暑船”最终被运送至码头，人们在这里进行一系列祈福仪式。仪式结束后，这艘“大暑船”将会被渔民用渔船拉出渔港，然后在大海上点燃，任其沉浮，以此祝福人们五谷丰登，生活安康。

喝暑羊

在大暑这一天，山东南部地区有“喝暑羊”，即喝羊肉汤的习俗。这种习俗的形成与当地的农事、气候有关。山东南部地区是有名的麦产区。大暑的时候，麦收结束，有一个短暂的农闲期，于是人们便制作新麦馍馍、杀羊，全家一起吃馍、喝羊肉汤。久而久之便成了一方民俗。

古代文人也写了很多关于大暑的诗，如曾几的《大暑》：“赤日几时过，清风无处寻。经书聊枕籍，瓜李漫浮沉。兰若静复静，茅茨深又深。炎蒸乃如许，那更惜分阴。”司马光的《六月十八日夜大暑》：“老柳蜩螗噪，荒庭熠燿流。人情正苦暑，物怎已惊秋。月下濯寒水，风前梳白头。如何夜半客，束带谒公侯。”这些作品记录了大暑时的自然景象和民俗活动，对后人了解古人的生活有很大的帮助。

诗路小憩

诗词大会

一、写出包含下列字的反义词的诗句。

1. 长 ________________，________________。

2. 热 ________________，________________。

3. 新 ________________，________________。

4. 早 ________________，________________。

5. 重 ________________，________________。

二、从下面的九宫格中各识别出一句古诗词。

枝	风	月
蝉	明	鹊
别	清	惊

摇	半	白
懒	裸	夜
羽	鸣	扇

云	冷	雨
过	波	收
添	水	瓜

纳	袒	轩
仲	青	开
微	中	凉

浪淘沙[1]

làng táo shā

［唐］刘禹锡[2]

jiǔ qū huáng hé wàn lǐ shā
九曲黄河[3]万里沙，

làng táo fēng bǒ zì tiān yá
浪淘风簸[4]自天涯[5]。

rú jīn zhí shàng yín hé qù
如今直上银河去，

tóng dào qiān niú zhī nǚ jiā
同到牵牛织女[6]家。

注释

①**浪淘沙**：唐代曲名。②**刘禹锡**（772—842），字梦得，唐代著名政治家、思想家、诗人，有“诗豪”之称。③**九曲黄河**：形容黄河弯弯曲曲。古时传说黄河有九道弯。④**浪淘风簸**：大风荡起波浪，大浪冲走泥沙。形容风浪很大。⑤**天涯**：天边。⑥**牵牛织女**：牵牛星和织女星。在神话传说中就是牛郎和织女。

译文

弯弯曲曲的黄河裹着万里泥沙，风卷浪涌，浊浪滔天，好像是从天边而来。如今我要沿着黄河直上银河，去牛郎织女家拜访。

赏析

刘禹锡写诗常借物抒情言志。牛郎和织女是天上星宿的名称，和高高在上的朝中之位相似。诗人因谗言遭到贬谪，但为苍生造福的社会理想永不改变。这首诗读来磅礴壮阔，有一种雄浑之美。

黄河

黄河是中华文明的孕育者之一，是中华民族的母亲河，它承载着诗人们的无限向往和赞颂之情。

liù yuè èr shí qī rì wàng hú lóu zuì shū

六月二十七日望湖楼醉书①

［宋］苏　轼

hēi yún fān mò wèi zhē shān
黑云翻墨②未遮山，

bái yǔ tiào zhū luàn rù chuán
白雨跳珠③乱入船。

juǎn dì fēng lái hū chuī sàn
卷地风④来忽吹散，

wàng hú lóu xià shuǐ rú tiān
望湖楼下水如天⑤。

注释

① **醉书**：喝醉后写诗。② **黑云翻墨**：乌云翻滚像打翻的墨汁一样。③ **跳珠**：形容雨点像珍珠一样在船中跳动。④ **卷地风**：风从地面卷起。⑤ **水如天**：形容水天相接。

译文

翻滚的乌云像泼洒的墨汁，尚未遮住青山，白花花的雨点便像珍珠似的乱窜到了船上。忽然卷地而来一阵大风，把雨吹散。风雨过后，只见望湖楼下波光粼粼，水天连成了一片。

赏析

这首诗的前两句写天气突然转阴，暴雨骤至。“乱”字非常形象，写出了雨点的密集。后两句写雨过天晴的情景。全诗比喻形象，描写生动，展现了一幅生动的西湖风雨图。

望湖楼

望湖楼位于杭州西湖边，原名看经楼，在当时的昭庆寺前。这座楼始建于北宋乾德五年（967），为吴越王钱俶所建，后易名为望湖楼。宋代王安石、苏轼等人都曾有诗咏望湖楼。

xià huā míng

夏花明

［唐］韦应物[1]

xià tiáo lǜ yǐ mì，zhū è zhuì míng xiān。
夏条绿已密，朱萼[2]缀明鲜。

yán yán rì zhèng wǔ，zhuó zhuó huǒ jù rán。
炎炎日正午，灼灼火俱燃。

fān fēng shì zì luàn，zhào shuǐ fù chéng yán。
翻风适自乱，照水复成妍[3]。

guī shì chuāng jiān zì，yíng huáng mǎn yǎn qián。
归视窗间字，荧煌[4]满眼前。

注释

❶ **韦应物**（737—792），唐代诗人，因出任过苏州刺史，世称韦苏州。❷ **朱萼**：鲜艳的花萼。❸ **妍**：美丽。❹ **荧煌**：辉煌，闪烁。

译文

夏天树木的枝条十分浓密，绿意盎然，朱红的花朵点缀在上面显得明亮鲜美。正当中午，炎炎烈日当空，花朵灼灼，像火燃烧一样。一阵风吹来，花叶都翻卷凌乱，映照在水面上，十分鲜妍。我归来看见窗子上的字，（因为被花的艳光晃花了眼睛）眼前一片闪烁。

赏析

这首诗展现了晚夏树叶茂密，夏花明艳灿烂，烈日炎炎的情景。诗人将夏花比喻成烈火，这是静态描写；一阵风吹来，花叶翻飞，这是动态描写。动静结合，将夏花之艳表现得真实生动，如在眼前。

朱萼

『萼』是指在花瓣下部的一圈叶状绿色小片。朱萼指的是鲜艳的花萼，也有红花的意思。

qīng píng yuè　chí shàng nà liáng

清平乐·池上纳凉

［清］项鸿祚[1]

shuǐ tiān qīng huà　yuàn jìng rén xiāo xià

水天清话[2]，院静人销夏[3]。

là jù fēng yáo lián bú xià　zhú yǐng bàn qiáng rú huà

蜡炬[4]风摇帘不下，竹影半墙如画。

zuì lái fú shàng táo shēng　shú luó shàn zi liáng qīng

醉来扶上桃笙[5]，熟罗[6]扇子凉轻。

yí shà hé táng guò yǔ　míng zhāo biàn shì qiū shēng

一霎[7]荷塘过雨，明朝便是秋声。

注释

❶ **项鸿祚**（1798—1835），原名继章，后改名廷纪，字莲生，清代词人。❷ **清话**：清新美好的意思。❸ **销夏**：消除暑气，即纳凉。销，一作“消”。❹ **蜡炬**：蜡烛。❺ **桃笙**：竹簟。❻ **熟罗**：丝织物轻软而有疏孔的叫罗。织罗的丝或练或不练，故有熟罗、生罗之别。❼ **一霎**：一会儿。

译文

水天一色，一片清静凉爽的气息，庭院中静悄悄的，人们都在纳凉消夏。门帘高卷，清风摇动着室内的蜡烛，竹影婆娑映照在墙上就像一幅美丽的图画。醉后躺在竹簟上，轻罗纨扇微微煽动，凉气徐发。荷塘里骤雨一下子就过去了，明天一定会是秋风肃杀。

赏析

全词勾勒出一幅常见的池边消夏图，传递了一种闲适、安逸、祥和的气息。“水天清话”，夜深人静，是小令的基调，但不时有风中烛曳、墙上影动、席上人晃、手中扇摇、水中波兴来打破这种静谧。全词以动衬静，对比分明。

桃笙

桃笙指的是桃枝竹编的竹席。古代的席子有很多种说法，除了『桃笙』外，古诗词中常用的还有『玉簟』『竹簟』等。

cháo tiān zǐ yǒng lǎ ba

朝天子[1]·咏喇叭[2]

［明］王 磐[3]

lǎ ba suǒ nà qǔ ér xiǎo qiāng ér dà
喇叭，唢呐，曲儿小腔儿大。
guān chuán lái wǎng luàn rú má quán zhàng nǐ tái shēng jià
官船来往乱如麻，全仗[4]你抬声价。
jūn tīng le jūn chóu mín tīng le mín pà
军[5]听了军愁，民[6]听了民怕。
nǎ lǐ qù biàn shèn me zhēn gòng jiǎ
哪里去辨[7]甚么真共[8]假？
yǎn jiàn de chuī fān le zhè jiā chuī shāng le nà jiā
眼见的吹翻了这家，吹伤了那家，
zhǐ chuī de shuǐ jìn é fēi bà
只吹的水尽鹅飞罢！

注释

❶ **朝天子**：曲牌名。❷ **喇叭**：一种管乐器，上细下粗，下端口部向四周扩张，可扩大声音。❸ **王磐**，字鸿渐，号西楼，明代散曲家。他的散曲清俊优美，诙谐幽默，其中有些作品反映了明代不合理的社会现象和下层人民悲惨的生活。❹ **仗**：依仗，依靠。❺ **军**：普通士兵。❻ **民**：老百姓。❼ **辨**：辨别，分辨。❽ **共**：和。

译文

喇叭和唢呐，曲子虽短，腔调却很大。来来往往的官船乱如麻，全靠你的吹捧来抬高身价。士兵听了犯愁，百姓听了害怕。哪里分辨得了什么真和假？眼看着吹翻了这家，又吹伤了那家，只吹得水流干枯，鹅也飞跑啦！

赏析

明朝正德年间，宦官当权，欺压百姓，行船经常吹喇叭和唢呐来壮大声势。这支散曲虽然没有正面提到宦官，却活化了他们的丑态，充满了对宦官的鄙视和愤慨。

唢呐

唢呐是公元三世纪，由波斯、阿拉伯一带传入中国的一种乐器。唢呐的音色明亮，音量大，俗称喇叭。

古人写雨

“雨”，本来是一种不好的天气，但在诗人的眼里，却是一种富于诗意的天气，浪漫而唯美，和雪一样，在古诗词中出现的频率非常高。诗人们或借雨抒发报国无门的郁闷心情，或借以描绘音乐的美妙绝伦，或表达对友人的关切，或歌颂美好的爱情，雨成了诗人寄托感情的对象。

像杜甫《茅屋为秋风所破歌》里的“安得广厦千万间，大庇天下寒士俱欢颜，风雨不动安如山”表达对天下人才的关心；元稹《闻乐天授江州司马》的“垂死病中惊坐起，暗风吹雨入寒窗”表现对好友白居易的关心；韦应物《滁州西涧》“春潮带雨晚来急，野渡无人舟自横”则是对春天美景的描绘；白居易《琵琶行》里“大弦嘈嘈如急雨，小弦切切如私语”是对歌女弹奏琵琶高超技艺的赞叹；刘禹锡《竹枝词二首》（其一）的“东边日出西边雨，道是无晴却有晴”表达了对男女之间美好爱情的赞美……

诗路小憩

诗词大会

一、将下列内容补充完整。

1. ____________，白雨跳珠乱入船。

2. ____________，明朝便是秋声。

3. 如今直上银河去，____________。

4. 官船来往乱如麻，____________。

5. ____________，朱萼缀明鲜。

6. 卷地风来忽吹散，____________。

二、古诗词中有很多含有“风”字的诗句，试着写出几句。

1. ____________，____________。

2. ____________，____________。

3. ____________，____________。

4. ____________，____________。

5. ____________，____________。

6. ____________，____________。

7. ____________，____________。

sòng líng chè shàng rén

送灵澈上人[1]

［唐］刘长卿[2]

cāng cāng zhú lín sì
苍苍[3]竹林寺[4]，

yǎo yǎo zhōng shēng wǎn
杳杳[5]钟声晚。

hè lì dài xié yáng
荷笠[6]带斜阳，

qīng shān dú guī yuǎn
青山独归远。

注释

❶ **灵澈上人**：唐代著名僧人，本姓杨，字源澄，后为云门寺僧。上人，对僧人的敬称。❷ **刘长卿**（709—789），字文房，唐代诗人。❸ **苍苍**：深青色。❹ **竹林寺**：在现在江苏丹徒南。❺ **杳杳**：深远的样子。❻ **荷笠**：背着斗笠。荷，背着。

译文

青苍的竹林寺，近晚时传来深远的钟声。他背着斗笠披着斜阳，独回青山渐行渐远。

赏析

这首小诗记叙了诗人在傍晚送灵澈返竹林寺时的心情，即景抒情，构思精致，语言精练，素朴秀美，是唐代山水诗的名篇。精美如画，是这首诗的明显特点。这幅画不仅以画面上的山水、人物动人，而且画外诗人的自我形象也令人回味不尽。

钟声

撞钟击鼓是佛门早晚必行的功课。佛寺也有半夜敲钟的习惯，也叫『无常钟』或『分夜钟』。

lù zhài

鹿 柴❶

［唐］王 维

kōng shān bú jiàn rén

空 山 不 见 人 ，

dàn wén rén yǔ xiǎng

但 闻❷人 语 响 。

fǎn yǐng rù shēn lín

返 景❸入 深 林 ，

fù zhào qīng tái shàng

复 照 青 苔❹上 。

注释

❶ **鹿柴**：地名，在今陕西蓝田终南山中。柴，同“寨”。❷ **但闻**：只听到。但，只。❸ **返景**：夕阳返照的光。景，同“影”，日光。❹ **青苔**：深绿色的苔藓植物，生长在潮湿的地方。

译文

空荡荡的山中，看不到人影，只隐约听到远处传来说话的声音。落日的余晖反射进幽暗的深林，斑驳的树影又映照在青苔上。

赏析

这首诗以动衬静，清新自然。第一句先正面描写山的杳无人迹，侧重于表现山的空寂清冷。第二句以“响”反衬出空寂。三四句描写深林中的夕阳返照，由声至色，呈现出一幅空谷人语、斜晖返照的山景图。

鹿柴

鹿柴是王维在辋川别业的胜景之一。辋川别业是唐代诗人兼画家王维在辋川山谷营建的园林，这是一片拥有林泉之胜，因地而建的天然园林。

nà liáng

纳 凉

［宋］秦 观[1]

xié zhàng lái zhuī liǔ wài liáng
携 杖 来 追 柳 外 凉，

huà qiáo nán pàn yǐ hú chuáng
画 桥 南 畔 倚 胡 床[2]。

yuè míng chuán dí cēn cī qǐ
月 明 船 笛 参 差 起，

fēng dìng chí lián zì zài xiāng
风 定 池 莲 自 在 香。

注释

❶ **秦观**（1049—1100），字太虚，又字少游，别号邗沟居士，世称淮海先生。❷ **倚胡床**：坐靠胡床。倚，坐靠。

译文

携杖出门去寻找纳凉圣地。画桥南畔，绿树成荫，坐靠在胡床之上惬意非常。寂寂明月夜，参差的笛声在耳边萦绕不绝。晚风初定，池中莲花盛开，幽香散溢，沁人心脾。

赏析

这是一首描写景物的短诗。从字面上看，可以说没有反映什么社会生活内容。但是，透过诗句的表面，却隐约地表现出诗人渴望远离人心浮躁的官场社会，去追求理想中的清凉世界的情怀。

胡床

胡床又称交椅、绳床，是古时一种可以折叠的轻便坐具，类似于我们现在常见的马扎。李白《静夜思》中『床前明月光』的『床』便指胡床，诗人应是夜晚坐在门外的小马扎上感月思乡。

xià rì fú zhōu guò chén dà shuǐ tíng

夏日浮舟过陈大水亭

［唐］孟浩然[1]

shuǐ tíng liáng qì duō，xián zhào wǎn lái guò。
水亭凉气多，闲棹晚来过。

jiàn yǐng jiàn sōng zhú，tán xiāng wén jì hé。
涧影见松竹，潭香闻芰[2]荷。

yě tóng fú zuì wǔ，shān niǎo zhù hān gē。
野童扶醉舞，山鸟助酣歌。

yōu shǎng wèi yún biàn，yān guāng nài xī hé。
幽赏未云[3]遍，烟光奈夕何。

注释

❶ **孟浩然**（689—740），名浩，字浩然，是盛唐时期的山水田园诗人，与王维齐名，合称“王孟”。❷ **芰**：菱角。两角的是菱，四角的为芰。❸ **云**：助词，无实义。

译文

夏日的水亭格外凉爽，水中倒映着藤萝青竹，潭间散发出芰荷的芳香。村野小童扶着醉步蹒跚的老翁，山间的鸟儿欢叫助人高歌。如此清爽幽静、怡然自得的境界，使人游赏忘返。

赏析

这首诗从多个角度，调动视觉、嗅觉、听觉，为我们勾画出一幅清爽幽静的画面，表现了诗人恬淡闲适的心情。诗的最后两句笔锋一转，从前面的清幽闲适、怡然自得转为游赏忘返，既表现了诗人对周围美景的留恋之情，又点明了天色已晚，带有时光匆匆不复返的淡淡的无奈之感。

菱角

菱角有好几个名字，腰菱、水栗、菱实都是它的别名，菱角味道甘美、清凉无毒，蒸煮后剥壳食用，也可以熬粥食用。

pú sà mán · shū jiāng xī zào kǒu bì

菩萨蛮·书江西造口壁

［宋］辛弃疾

yù gū tái xià qīng jiāng shuǐ zhōng jiān duō shǎo xíng rén lèi

郁孤台[1]下清江[2]水，中间多少行人泪！

xī běi wàng cháng ān kě lián wú shù shān

西北望长安[3]，可怜[4]无数山。

qīng shān zhē bú zhù bì jìng dōng liú qù

青山遮不住，毕竟东流去。

jiāng wǎn zhèng chóu yú shān shēn wén zhè gū

江晚正愁余[5]，山深闻鹧鸪[6]。

注释

❶ **郁孤台**：在今江西省赣州市西北。❷ **清江**：指赣江。❸ **长安**：汉唐首都，今西安。这里借指北宋首都汴京（今河南开封）。❹ **可怜**：可惜。❺ **愁余**：使我忧愁。余，我。❻ **鹧鸪**：鸟名，叫声凄凉。

译文

郁孤台下流淌的清江水，其中有着多少行人的眼泪啊！抬头眺望西北的长安，可惜只看到无数的青山。青山怎能挡住滔滔江河，江水终究是要向东奔流而去的。我站在江边正满怀忧愁，深山中传来凄凉的鹧鸪声。

赏析

这首词是辛弃疾往江西赴任途中所作。上片由眼前景物引出历史回忆，抒发家国沦亡之痛；下片借景抒情，表达了自己一筹莫展的苦闷。本词用极高的比兴手法，表达了深沉的爱国情思。

鹧鸪

鹧鸪的叫声嘶哑，听起来像『行不得也哥哥』，它极容易勾起旅途艰辛之人的联想和满腔的离愁别绪。所以，在文学作品中，鹧鸪也是一种哀怨的象征。

古诗词中的夏天

夏天，是一个变化多端的季节，酷暑炎热，本就让人难受，可在古代，人们却会用各种诗词来赋予夏天不同的寓意，下面选几首为大家赏析。

幽居初夏

[宋]陆　游

湖山胜处放翁家，槐柳阴中野径斜。水满有时观下鹭，草深无处不鸣蛙。箨（tuò）龙已过头番笋，木笔犹开第一花。叹息老来交旧尽，睡来谁共午瓯（ōu）茶。

陆游是宋代诗人代表，这首律诗平易晓畅，章法严谨，前六句写幽静的初夏美景，自得其乐，后两句却又叹息老来寂寞，这种心境，不到一定的年纪或许无法体验。

客中初夏

[宋]司马光

四月清和雨乍晴，南山当户转分明。更无柳絮因风起，惟有葵花向日倾。

诗的前两句写雨后初晴的景色，后两句的景物描写是有寄托的。第三句的含意是：我不是因风起舞的柳絮，意即决不在政治上投机取巧，随便附和；我的心就像葵花那样向着太阳，意即对皇帝忠贞不贰。

阮郎归·初夏

[宋]苏　轼

绿槐高柳咽新蝉，薰风初入弦。碧纱窗下水沈烟，棋声惊昼眠。

微雨过，小荷翻，榴花开欲然。玉盆纤手弄清泉，琼珠碎却圆。

这首词中的绿槐、高柳、新蝉、薰风、沉水香、微雨、小荷、榴花都是夏日意象，放在一起错落成了一幅初夏的画卷，其间偶有落棋的声音，还有一位美丽的少女在玩水，让初夏的风景更加动人。

诗路小憩

诗词大会

一、从下面的九宫格中各识别出一句古诗词。

杳	钟	苍
林	苍	山
竹	青	寺

青	返	山
不	远	住
入	深	遮

荷	归	斜
笠	杳	阳
带	独	声

烟	复	奈
景	晚	何
夕	青	光

二、回答下列问题。

1. 《送灵澈上人》的作者是谁？

2. “空山不见人，但闻人语响”出自哪位诗人的哪首诗？

3. “王孟”指的是哪两位诗人？

4. 《菩萨蛮·书江西造口壁》表达了诗人怎样的情感？

图书在版编目（CIP）数据

一天一首古诗词. 夏 / 夫子主编 .— 济南 ： 山东教育出版社，2019. 6（2020. 3 重印）

ISBN 978-7-5701-0635-6

Ⅰ . ①一… Ⅱ . ①夫… Ⅲ . ①古典诗歌—诗集—中国—少儿读物 Ⅳ . ① I222. 72

中国版本图书馆 CIP 数据核字（2019）第 074501 号

YI TIAN YI SHOU GU SHICI XIA

一天一首古诗词 夏　　夫子 主编

主管单位：山东出版传媒股份有限公司
出版发行：山东教育出版社
地址：济南市纬一路 321 号　邮编：250001
电话：（0531）82092660　网址：www.sjs.com.cn
印　　刷：济南继东彩艺印刷有限公司
版　　次：2019 年 6 月第 1 版
印　　次：2020 年 3 月第 4 次印刷
开　　本：720 mm × 1020 mm　1/16
印　　张：10
印　　数：30001—40000
字　　数：150 千
书　　号：ISBN 978-7-5701-0635-6
定　　价：36.00 元

（如印装质量有问题，请与印刷厂联系调换）
印厂电话：0531-87160055